Canvas Bunko

封殺鬼シリーズ―22

忌みしものの挽歌

霜島ケイ

ンバス文庫

イラストレーション／西　炯子

目次

登場人物紹介
志島弓生《しじまゆみお》（雷電《らいてん》）
『本家』神島《かみしま》家に仕えていた鬼。聖《ひじり》とともに逃亡の身に……。
戸倉《とくら》　聖《ひじり》（酒呑童子《しゅてんどうじ》）
弓生の相棒の鬼。取り憑《つ》いた蛇神《じゃじん》のため運命は一変！
野坂三吾《のさかさんご》
『本家』御景《みかげ》家次期当主。〝当主〟とは何か、思い知らされることに。
高良《たから》　司《つかさ》
なぜか二人の鬼を匿《かくま》う『中央』の術者。その正体は!?
御景眞巳《みかげまさみ》
『本家』御景家長男。三家の合議《ごうぎ》の席で驚くべき発言を！
三沢成樹《みさわなるき》
鬼の血を引き、身の内に〝四天鬼《してんき》〟を宿す高校生。

矩《く》川《かわ》
『本家』秋川《あきかわ》家当主側近の筆頭格。
柿《かき》色の衣《ころも》をまとう巨軀《きょく》の鬼。凶星《きょうせい》に匹敵《ひってき》する力を持つとされるが、正体も意図するところもまったくの謎《なぞ》。
御《お》師《し》
『中央』の術者の筆頭格。
神島達彦《かみしまたつひこ》
『本家』神島家次期当主。二人の鬼の処遇と今後の方針において、御景と鋭く対立。
昆《こん》
遠野《とおの》の呪術者集団『一伏衆《ひぶせしゅう》』の生き残り。

忌みしものの挽歌

封殺鬼シリーズ―22

一章　闇影

1

夜明け前であった。

まだ深淵《しんえん》のように暗い空には星々が輝き、大気はしんと凍《こお》っている。人々が目覚める前の街に、ぽつぽつと街灯《がいとう》だけが侘《わ》びしく灯《とも》っていた。

エンジンを切ると、車内を静寂《せいじゃく》が支配した。音のない空気に触れてはじめて、弓生《ゆみお》は自分が全身の筋肉が硬く張りつめるほど緊張していたことに気づいた。トクトクと早駆《はやが》けする鼓動の音まで聞こえてきそうだ。

ひとつ、深呼吸をして、弓生は着込んだままだったコートのポケットに手をいれた。そこにいれてあった高良《たから》のメモと鍵《かぎ》を、感触を確かめるように握りしめ、取り出した。たった一枚の紙きれと一個の鍵。――それだけが、今の彼と聖《ひじり》に一縷《いちる》の望みとして残されたものだ。

鹿島《かしま》からここまで、国道は使わずにできるだけ人目につかぬよう車を走らせてきた。おかげで時間はかかったが、追っ手に阻《はば》まれることはなかった。

弓生はこれで幾度目か、車内にあった道路地図の冊子《さっし》を引っ張り出し、外からの乏《とぼ》しい明かりに透《す》かしてメモ書きされた住所と照らし合わせた。

間違いない。この場所だ。

だがここは……何だ？

「……ユミちゃん」

後部席から、聖が掠《かす》れた声で呼んだ。鹿島を出てから口を開いたのは初めてだ。ショックから立ち直れないでいたのか、それまでは弓生が幾度呼びかけても、聖はただ呆然《ぼうぜん》と座席に身体をあずけ、窓の外に目をむけているだけだったのだ。

「ここ……どこやろ？」

「多摩《たま》市だ」

武蔵野《むさしの》の雑木《ぞうき》に覆《おお》われた、緩《ゆる》やかな丘陵《きゅうりょう》地帯。東京都西部にあって神奈川との県境《けんざかい》に位置するその市の名を、弓生はできるだけ平静な口調で告げた。

見回せば未明の空を黒々と、影となって土地の起伏《きふく》が切り取っている。開発によって拓《ひら》かれる前、かつてこのあたりは多摩丘陵と呼ばれていた。その名残《なごり》で、都心とは比ぶるべくもなくのどかな自然をとどめた地である。

その丘陵の一画に車を乗り入れてほどなく、行く手を人の背よりも高い金網《かなあみ》が遮《さえぎ》った。斜面に沿って山を囲うように巡らされた金網《かなあみ》の上には、念入りに二重の鉄条網《てつじょうもう》が張られている。

アスファルトで舗装《ほそう》された道路はそこで途切れていた。

何かの敷地か。私有地なのだろうか。

正面に、固く閉ざされた鉄柵《てっさく》のゲートが見えた。

「待っていろ」

聖に言い置いて、弓生は車を降りた。

ゲートの前に立ち、あたりの様子をうかがう。柵のむこうには夜明け前の闇をたたえて鬱《うっ》蒼《そう》と、雑木林《ぞうきばやし》が広がっていた。すぐそばに『管理用地　立入禁止』の立て札《たふだ》がある。

そして。

――空気の色が違っていた。

それはほんのかすかな違和感だ。気づかぬならばいつまでも気にとめずにいられる程度の、わずかに空気に混じり込んだ異質の気配。

金網を境に、内と外では空気がからりと違っている。

(結界？　いや、人の手による術ではない、か)

それが自分たちを拒《こば》むものではないことを確かめて、弓生は鍵《かぎ》を取り出した。選択肢《し》はない。高良の言葉を信じるならば、彼らはこの金網の内側に逃げ込むしかないのだ。

カチリ。

古ぼけて金具に錆《さ》びが浮いていたにも拘《かか》わらず、柵に取り付けられていた錠《じょう》は鍵を差し込むと滑《なめ》らかな音をたてて、外れた。

まだどこか足取りのおぼつかない聖の身体に片腕を回して支え、弓生は雑木林の中を進んだ。緩《ゆる》やかな斜面には道もない。ただ、下生《したば》えの草も枯れ果てた地面にほんの一筋《ひとすじ》、他よりも土の固い部分があることに気がついた。

以前に、誰かがここを通っている。複数の人間が行き来した痕跡《こんせき》に、土が踏み固められたものだろう。それを注意深くたどってしばらく行くと、ふいに雑木林が切れて空間がぽかりと視界にひらけた。

「――」

弓生は動作をとめて、忽然《こつぜん》とそこにあらわれたものに目を凝《こ》らした。

コンクリート造りの四角い建物。さほど大きなものではない。平屋《ひらや》のそれは、一見すると公共の施設か何かのようである。しかし場所を考えれば、その用途《ようと》も建てられた意味もまったくわからなかった。

人のいる気配はなかった。窓にはカーテンが下り、内部は真っ暗だ。青い闇の中に佇《たたず》むその建物は、長い間放置されてきたもの特有の空虚《くうきょ》な空気を漂わせている。

ここならば、逃亡者である彼らがしばらく身を潜《ひそ》めることはできるだろう。

聖をそこに残し、弓生は建物に近づいた。入り口に鍵《かぎ》はかかっていない。中に入り、手探りでスイッチをいれると、照明の光が眩《まばゆ》くあたりを満たした。

ロッカーのような靴箱《くつばこ》の並ぶ広い玄関をあがると、すぐに簡素なソファとテーブルを置いたオープンスペース。手前のドアのむこうは調理場とキッチン、奥へ続く廊下《ろうか》の両脇には畳《たたみ》を敷いただけの六畳《ろくじょう》ほどの部屋と、パイプベッドを配置した洋室が幾つかある。一番奥はガラクタを詰め込まれた物置になっていた。それからトイレとシャワールーム、からからに乾いた浴室。

建物内部は廊下も室内の壁も白く塗られていて、いっそ寒々と無味《むみ》なほど飾り気はない。それでいて、生活するために必要最低限のものはそろっていた。簡易宿泊所か集会所のような感がある。

ひととおり内部をチェックして玄関に戻ると、いつの間にかあとを追ってきたらしい聖がソファに膝《ひざ》を抱えてうずくまるように座っていた。

「……ユミちゃん」

弓生が近づくと、聖は悄然《しょうぜん》とした顔をあげて彼を見上げた。

その肩に、弓生は部屋で見つけてきた毛布をかけてやる。

「暖房があるはずだが、スイッチがわからない。少しの間、これで我慢しろ」

できるだけ優しい口調で言った。

「なんなら少し眠るといい。手と顔を洗いたければ、奥に洗面所がある」

聖の手にはまだ、殺された術者たちの血がこびりついている。

同じように返り血をあびた服も、黒く汚れたままだ。

「どこか行くんか？」

「着替えが必要だろう。……それと、食料も」

調理場には当座は食いつなぐことができるくらいの缶詰類があったが、長期戦となるなら外から食料を調達する手段も考えなければならない。

「すぐに戻ってくる。ここで待っていろ」

聖は毛布の端《はし》を握り締めると、弓生から目を逸《そ》らせ、ソファの上でいっそう身体を丸めた。

「かんにん」

やがて絞《しぼ》り出すような、弱々しい声がその口から漏《も》れた。

「こんなことになってしもて、ユミちゃん、俺……、かんにんや」

「大丈夫だ」

弓生は口元を引き締める。きっぱりと、言った。

「おまえのせいじゃない。——大丈夫だ」

鋭い冷気がきりりと肌を刺した。見上げれば東の空が白《しら》みはじめている。

金網《かなあみ》の外へ出ると、弓生はもう一度柵《さく》に鍵《かぎ》をかけ、路上に停《と》めてあった車に足早に歩み寄った。

急がなければならない。じきに街は目覚める。足がつく前に、まずはこの車をどこかへ乗り捨ててこなければならなかった。どこか、できるだけ遠くへ。

だが、車のドアに手をかけようとして、ふと弓生は立ち止まる。

ハンドルを握っている間は、聖を安全圏に逃がすことばかりを考えていた。だが、目的の場所にたどりついた今、弓生の胸の中に湧き上がったのは安堵《あんど》感ではない。

身体のどこかに、埋めがたい穴がぽっかりと開いてしまったような気がする。

この喪失《そうしつ》感は何だろう。こうなって何を一体、自分は喪《うしな》ってしまったのだろう。

(『本家』は……)

今になってようやく思う。

この事態に、『本家』はどう対処するつもりなのだろうかと。

これまで庇護《ひご》してきた鬼を、こうなってもまだ守るつもりはあるのか。それとも中央とともに自分たちを追う側にまわるか。

弓生は運転席に乗り込むと、エンジンをかけた。走り出した車の中で、冷ややかな笑みを口元に浮かべる。

──幾度自問してみたところで、その答えを己《おのれ》の心の内に見出すことが、彼にはどうしてもできなかった。

2

自分の過《あやま》ちを、御師《おし》は認めざるをえなかった。

(なぜ)

鬼は無害だなどという『本家』の言葉を鵜呑《うの》みにしたのか。

ありえぬことだったのだ。

今となれば、己の中にあった嫌悪も憎悪も、猜疑《さいぎ》もすべて正しかったに違いない。

異形《いぎょう》は異形でしかない。いくら人と同じ姿をしていても、鬼はけして人とは相容《あいい》れぬ。かつて中央権力に牙《きば》をむき、人々を恐怖せしめ、人間を引き裂《さ》き喰らうことすら何とも思わぬバケモノどもだ。

それを。上層からの命令とはいえ、あるいは鬼と協力し合うことすら可能なのではないかと、束《つか》の間《ま》とはいえ、思った。それが彼の甘さだった。その甘さゆえに、三人の術者を死に至らしめた。

地面に転がった配下の首。むっとするほどにあたりに漂っていた血臭《ちしゅう》。その惨劇《さんげき》の場に佇《たたず》んでいた、二人の鬼。

脳裏《のうり》に灼《や》きついた光景に幾たび、激しい怒りと後悔が押し寄せる。

躊躇《ためら》いもせず殺すべきであったのだと。

あれは、この世から抹殺《まっさつ》しなければならぬ存在であったのだ。

なぜ。

あの二人に、わずかにでも人の心の片鱗《へんりん》を感じてしまった自分が、御師は許せなかった。

――『本家』の使役鬼《しえきき》が鹿島から逃亡した翌日。夕刻近く、東京に戻った御師は神島《かみしま》家別宅に即、足を向けた。

鹿島で何があったかは、今朝《けさ》のうちに神島に伝えてある。それについて『本家』がどのような態度に出るかを確かめねばならなかった。

通された座敷で、御師はそっと自分の顔を撫《な》でた。おそらくげっそりと面《おも》やつれして見えることだろう。疲労が身体の芯《しん》に重く淀《よど》んでいる。彼は昨夜、一睡《いっすい》もしていなかった。

二人の鬼の行方《ゆくえ》は、杳《よう》として知れない。

車で逃げたとわかったのは捜索を開始してしばらく経ってからのことだ。鹿島神宮《じんぐう》を中心とした半径数キロ内にしぼって、その時点で集められるかぎりの配下の者を鬼の追捕《ついぶ》のために分散させた、そのあとになって、高良が彼のもとに来て車が盗まれたことを告げた。

間《ま》が悪くちょうど外出から戻ってきた高良は、境内《けいだい》わきの路上でくだんの鬼たちを見かけたらしい。様子がおかしかったので車を降りて声をかけたとたんに襲われ、事情もわからぬまま鬼たちに車を奪われた、というのが本人の弁である。

慌《あわ》てて捜索の範囲を広げ、逃走ルートの検討をはじめたところで、もはや遅かったのだ。

今のところ警察までも動かして該当車《がいとうしゃ》の発見を急がせているが、まさか鬼を指名手配するわけにはいかない。これはあくまで秘密裏《り》に処理されねばならない範疇《はんちゅう》の事だ。

(いっそ『本家』に逃げ込んでいてくれれば……)

一縷《いちる》の望みであったが、朝の電話ではどうやら神島は事件についてはまだ何も知らぬようであった。といっても電話口に出たのはやはり録音テープのような口調の取り次ぎで、御師の説明に対しても相手は終始《しゅうし》、その平坦《へんたん》な反応を変えようとはしなかった。

座敷に通されて幾度目か、苛立《いらだ》たしく吐息をついた時に神島次期当主が姿を見せた。

鉄色の紬《つむぎ》を品よく着てあらわれた青年は、まるで世間話でもしに寄った相手に接するように、穏やかな面《おもて》で挨拶《あいさつ》をのべた。

もの柔らかな風貌《ふうぼう》。最初に会った時には、『本家』の跡継ぎというには覇気《はき》のない、線の細い男だと感じたものだ。——ふとそんなことを思い、御師は戸惑った。

なぜこの傲岸《ごうがん》な人物についての第一印象などを急に思い出した？

いささかの違和感をもてあます御師に対し、達彦《たつひこ》は鷹揚《おうよう》に笑んで事態の詳細《しょうさい》な説明を求めた。家人《かじん》からの報告では要領を得ない部分もあるという。

「では、そちらはまだあの二人の行方《ゆくえ》をつきとめてはいないと言われる」

御師が委細《いさい》を語り終えると、達彦は表情もかえずに言った。

「いかにも。――『本家』のほうで鬼たちについての手がかりなりとあればと考えたのだが」

「生憎《あいにく》と、我々のほうにも連絡は入っていないな」

『本家』もまだ使役《しえき》の足取りを摑《つか》んではいないらしい。落胆《らくたん》するとともに、それではなぜ相手がこれほど落ち着いていられるのかと、御師は訝《いぶか》しむ。狼狽《ろうばい》を表情に見せないまでも、この場はもう少し緊迫した雰囲気《ふんいき》になるものと思っていた。

「それで、『本家』はどう対処されるおつもりか」

「どう、とは？」

「きまっている。なんとしてもあの二人の行方を捜し出し、捕らえなければならない」

「捕らえて？」

「――殺さねばならぬだろう」

御師はぴしりと言葉を放った。

「あれは、存在してはならぬもの。鬼がかくも危険なバケモノであることは、此度《こたび》の件で疑うべくもなくなった」

「だから我々にも、あの二人の処理に協力しろと？」

「そうだ」

くっくっと笑い声が返った。

「お断り申し上げる」

「——なんと!?」

ままたたえた御師は達彦を凝視《ぎょうし》した。その視線の先、神島次期当主は相変わらず笑みを口元にたたえたまま。

「確かにこちらは使役《しえき》への命令権を一時的に中央にあずけたが、彼らの生殺与奪権《せいさつよだつ》までも委《ゆだ》ねたつもりはない。中央の都合で鬼の生き死にまで、勝手にきめてもらっては困る」

「鬼や亡者《もうじゃ》であっても『本家』の前には屈服《くっぷく》する、命令にはけして逆らわぬと言われたのはそちらであろう」

こみあげてきた怒りに耐えて、御師は歯を食いしばる。こんなことで感情が波立つのは、やはり心身ともの疲労のせいだろう。冷静にならなければと、みずからに言い聞かせた。

「しかし現にあの二人は、三人もの人間を殺して逃げたのだ」

「いかにも、『本家』ならばこのような失態はありえなかったな」

『本家』ならば。

事態を未然に防げたというのか。あるいは、鬼をあっさり逃がすような真似《まね》はしなかったとでも。

「此度《こたび》の件を我々の側の手落ちと言われるか」

「ではうかがうが。酒呑童子《しゅてんどうじ》にはそちらの術者を殺す道理がない。にも拘《かか》わらず、軟禁《なんきん》されていた彼がどうしてその三人を殺害しなければならなかったのかをご説明いただきたい」

「その三人は……」

御師は一瞬、言いよどんだ。

達彦に対しては、夜刀神《やとのかみ》に憑《つ》かれた鬼を神島の使いの者に引き渡すまでの当座の処置として、即席の呪場《じゅば》に閉じ込めてあったと伝えてある。呪《じゅ》はもちろん夜刀を封じるためのものであり、その場がプレハブ小屋というのはお粗末な話としても、昨日の現場の混乱を考えれば他にどうしようもなかった。

そして数時間後。鬼はプレハブ小屋を爆砕《ばくさい》し、場に居合わせた術者三人を殺して、逃げた。

それが、御師が自分の目で見た事実である。

だが彼がその時には知らぬことも、またあったのだ。

「夜刀神が鹿島神宮に出現した直後に、その三人は夜刀の本拠《ほんきょ》である玉造《たまつくり》に派遣されていた。──彼らがそこで天狗《てんぐ》と出会い、暗示を受けていた可能性はある」

「鬼を殺せと？」

「おそらく。夜刀神ともどもにだ」

唸《うな》るように苦々しい、御師の口調だ。

その可能性を指摘したのは、高良だった。焼失した玉造の愛宕《あたご》神社で、呪具《じゅぐ》とわかる白い布が発見されたという。明らかに天狗《てんぐ》の痕跡《こんせき》とわかるそれについて、先に現地を訪れていた三人から何の報告もなかったのはおかしいというのだ。

死んだ術者たちが暗示にかかっていたという確たる証拠はない。が、そうとでも考えなければ、彼らの行動の説明がつかない。

惨劇《さんげき》の場からはあとになって焼けただれた日本刀が発見された。

夜刀は刀を嫌う。それを知って彼らが刀を持って呪場《じゅば》に押し入り、結界を解《と》いたのだとしたら。

狙いは酒呑童子に取り憑《つ》いた蛇神《じゃしん》を挑発することであったのだと、御師は思う。とすれば天狗の目的はこちらの攪乱《かくらん》か。まさか術者三人という手勢《てぜい》で鬼と夜刀の双方を討《う》てるとは、敵も考えはしないだろう。

――そうして事態は天狗の思惑《おもわく》どおりになった。

まんまと罠《わな》にはまったのだ。それはわかっている。わかっていて、御師は自分のうちにある異形《いぎょう》への嫌悪と恐怖を、以前にもまして胸の底から強く突き上げてくるその感情を、抑えることができなかった。

まるで、この一件で理性のたがのどこか一部が壊れてしまったような気さえする。

達彦はおっとりとまた微笑した。

「なるほど。直接に手を下《くだ》したのは酒呑童子であっても、その因《いん》となったのは取り憑いた土《ど》着《ちゃく》の神であったということだ」

「だとしても、同じことがあればあの鬼は幾度でも人を殺《あや》める。その危険はないとそちらに断言はできまい」

声のない笑いが返る。

「いかにも中央は身内には甘いようだ」

「何」

「殺された者たちは天狗に操《あやつ》られた、言わば獅《し》子《し》身《しん》中《ちゅう》の虫《むし》。死んだのは自《じ》業《ごう》自《じ》得《とく》だと思うが？」

「――」

言葉の辛辣《しんらつ》さとは裏腹に、神島次期当主は真綿《まわた》のように優雅で物柔らかな声音《こわね》と物腰を変えようとはしない。

(一体……？)

ふいに寒気をおぼえ、そして御師は先からの違和感が何であるかに気づいた。

――もしかするとこの男は、己《おのれ》にとってなんらかの価値を見出していない、あるいは敵か味方の判断をあらためて必要とする相手に対して、これほど柔弱《にゅうじゃく》にも見える態度をとるのではなかったか。

おそらく多くの人間に共通する神島達彦という人物の第一印象。鷹揚《おうよう》な笑みと争いごととは無縁であるかのような身の振る舞いは、他者と己《おのれ》との間に一線を画《かく》するための仮面だ。最初に達彦に出会った時、安倍晴明《あべのせいめい》が遺《のこ》した方術《ほうじゅつ》をめぐって中央と『本家』は一触即発《いっしょくそくはつ》の状態にあった。あの時に受けた印象のままの顔が、目の前にあった。

その瞬間に御師は悟った。

すべては振り出しに戻ったのだと。

友好的な関係とは言わないまでも、互いにこれまで話し合いを重ね、積み重ねてきたものはあった。それらはすべて無に帰《き》し、これ以上に双方が歩み寄ることはない。和解も理解も、もはやない。

言葉よりも雄弁に、容赦《ようしゃ》なく、神島達彦は中央という存在を拒絶《きょぜつ》したのだ。

「どうあっても『本家』の協力は仰《あお》げぬということか」

御師の声に重い疲労が滲《にじ》んだ。

「こちらが鬼のしでかした不始末を平身低頭《へいしんていとう》で謝罪し、喜んで力を貸すとはまさか、思っておられたわけではなかろう」

確かに、と御師は思う。

まったくもって甘い認識だった。

「鬼の処分については『本家』にまかせて、中央はこの件から手をひかれるのが得策とも思は言っている。

「深追いすればそちらに余計な犠牲者が出るおそれもあると、申し上げている」

中央は鬼の扱いに失敗した。その技量であの二人を追いつめ殺すことなど不可能だと達彦

うが」

「『本家』はあくまで鬼をかばうと？」

御師は目を閉じた。それから顔をあげ、相手を見据《みす》えた。

「ではあの鬼たちについては、こちらの裁量《さいりょう》で処理させていただく。『本家』の使役《しえき》という立場は今後一切考慮《こうりょ》せぬゆえ、万が一そちらの妨害《ぼうがい》が入った場合には相応の手は打たせてもらうが、よろしいか」

中央はその面子《めんつ》にかけても、殺人者である鬼を放置するつもりはない。

達彦は卓の上でゆるりと両手の指を組んだ。

「好きにされるがいい」

『本家』は中央よりも鬼を選んだ。そのことを責めるつもりはない。だが、この結果は御師にとっては残念だった。――ひどく残念だった。『本家』という存在、その内包《ないほう》する奥知れぬ闇に惹《ひ》かれたのが、自分の一方的な思い入れにすぎないのだとは、わかっていたけれども。

(所詮《しょせん》。……相容《あいい》れるものでは、なかったか)

苦い塊《かたまり》を飲み下《くだ》したような気分で座を立とうとして、御師は思い出した。

ひとつ、これだけはどうしても言っておかねばならぬことがあった。

「昨日、天狗《てんぐ》からあらたな書状が宮内《くない》に届いた」

「天狗から？」

「書面にはこう記されてあった。——我々とは別に羅睺《らごう》と対立する力というものが、何処《いずこ》かに存在している、と」

御師の言葉のあと、しばし間《ま》をおき、達彦は目を細めた。

驚いた様子はない。

「柿《かき》色の衣《ころも》をまとった鬼、か」

まるで周知の事実であるかのように、柔らかな声で断定した。

「『本家』はすでにご存知か」

「問題の鬼二人、そのうちの雷電《らいでん》のほうが鬼無里《きなさ》で一度見かけている。——何者であるかまでは、こちらにもわかりかねるが」

「なるほど。鬼が、な」

御師は硬い表情でうなずいた。

手紙に書かれてあったのは、その力の主《ぬし》が異形《いぎょう》であるということのみ。正体も、何ゆえ凶《きょう》星《せい》と争おうとしているのかも、天狗は一切触れていなかった。

「宮内には虚偽《きょぎ》ではないかという声も多い。天狗がわざわざ自分たちと敵対する相手のことを知らせてきて何の利があるのかとな。だが――内容が内容だけに、逆に天狗が嘘をつく必然もないと思うのだ」

そしてこれまでの手紙がすべて禍《わざわい》の種でしかなかったように、今回もまた自分たちをいたずらに混乱させ事態を悪化させるべく、天狗はその事実を告げてきたのではないかと御師は考える。

だとすればその力の存在は、今の中央にとって危険なものである可能性が高い。ある意味、凶星と匹敵《ひってき》するほどに。

「それで、中央はどうされる」

「当座は静観《せいかん》するしかあるまい。せめて相手の正体なりとわからねばな」

羅喉と争うつもりあらば、いずれその力は動き出す。だがそれは、いつのことだ？　もうすでになにがしかの兆候はあったのではないか？

何かがわかった時には、もはやすべてが遅いのかもしれなかった。

（……この国の行く末は、どうなるのか）

救いが欲しいと、心の底から御師は思った。

一筋《ひとすじ》の光明《こうみょう》でいい。目の前に示されれば、何を犠牲にしてでもそれに縋《すが》るものを。

達彦は目を伏せた。だが隠されたその眼差《まなざ》しに、一瞬、嘲笑《ちょうしょう》に似たものがよぎるのを御師は見た。

「『あれは中央にとっては敵にしかなりえないもの』、か。——天狗《てんぐ》がわざわざ知らせずとも、そちらはとっくにその鬼の存在に気づいていたと思っていたが」

「なんと？」

「せいぜい注意されることだ。中央はどうやら、他にも身中《しんちゅう》に虫を潜《ひそ》ませている可能性がある」

御師は厳しく表情を引き締める。

だが彼が口を開く前に、達彦はふたたび視線をあげた。先に見た嘲笑《ちょうしょう》の色はすでにない。淡々と言った。

「羅睺《らごう》と敵対するというその力については、情報が入り次第、宮内にも伝えよう」

「……しかし『本家』は」

「『本家』は何も一切合切《いっさいがっさい》そちらとのつながりを断《た》つと言っているわけではない。今双方が決裂すれば、それもまた天狗の思うつぼだ。——我々の共通にして最終的な目的は、羅睺を倒すということ。その点に異存はないと思われるが？」

御師は束《つか》の間《ま》、彼を見やった。

冷《ひ》え冷《び》えと、声を押し出す。

「異存はない」

達彦はおっとりとまた、品のよい笑みをたたえた。

「そのための協力ならば喜んでさせていただこう」

御師が去ったあと、達彦は座椅子《ざいす》の背にもたれかかって目を閉じた。

傷はまだ癒《い》えていない。数日前に比べれば符呪《ふじゅ》の効果もあってか、起き上がることもだいぶ楽になった。しかし一度妖気に蝕《むしば》まれた身体は、長時間の負担をかければすぐに切り裂《さ》くような苦痛をうったえる。

「――敵は中央ではない」

やがて達彦は目を開け、言った。

激痛のためかわずかに引き上げた唇の端がぴくりと歪《ゆが》んだが、彼はそのまま微笑をつくった。今しがた御師に見せていた仮面のそれではない。いんいんと見る者に寒気をもよおさせるような、酷薄《こくはく》な笑みだ。

宙に据《す》えた冷たい鋼《はがね》の瞳が、奇妙な熱をおびている。

天狗の攻撃を受け凶星《きょうせい》の妖気にさらされた、あの時以来、達彦の中で何かが微妙に変わっていた。身体の奥底に眠っていた昏《くら》い熱が、酩酊《めいてい》感にも似たそれが、ふいに殻《から》を突き破って全身を浸《ひた》すような。ゾクゾクと身震いするような瞬間が、あった。

彼のこれまでの生きざまの中で、一度たりと感じたことのない昂《たか》ぶりだ。

その己《おのれ》の情動を、何かいとおしむように、達彦は目を細める。

「誰か」

呼べば家人《かじん》の一人がすぐに顔を見せた。

「御景《みかげ》と秋川《あきかわ》の両家当主に、至急、鹿島での事の次第を伝えろ。その上で三家による合議《ごうぎ》を執《と》り行いたく、東京まで出向かれたしとな」

「両家ご当主じきじきにと、お伝え申し上げてよろしいのでしょうか」

家人は無表情に確認した。

「むろん、不都合あれば代理をたててもらうことになる。詳細は追って文書にて通達する」

当主の代行にすぎない人間の号令で、たとえ暇《ひま》つぶしにでもそれぞれの家の当主が地元を動くはずがない。どちらの家もせいぜい、側近《そっきん》レベルを送り込んでくるだろう。

とすれば誰が出てくるかは、予想がつく。

「結託《けったく》したかいもなかったようだな」

指示を受けた家人が引き下がったあと、くくっと達彦の喉《のど》から笑みが漏《も》れた。

『本家』の使役《しえき》が人を殺し行方《ゆくえ》をくらませた。思いがけないこの展開に、御景と秋川は果たしてどのような反応を見せるのか。

神島を次の首座《しゅざ》とは認めないと言い、今さら鬼つかいの権限の譲渡《じょうと》を求めてきた、あの二つの家は。

「肝心要《かんじんかなめ》の鬼が消えたとなれば。さて、どうするつもりか」

着物の下に隠れた符呪《ふじゅ》の感触を指先で確かめながら、達彦は冷ややかに呟《つぶや》いた。

(欲を出さずにおとなしくしていればよかったものを)

——敵は、『本家』の中にいる。

3

達彦との会談を終え、屋敷の外に待たせてあった車に御師は乗り込んだ。宮内へ、と運転手に短く命じてから、座席の隣に目をやって、不機嫌な吐息を漏らした。

「起きんか、馬鹿者」

乱暴に膝頭《ひざがしら》を叩かれ、ぐっすりと寝こけていた高良はぎょっと飛び起きた。一緒について来たものの車内で待機を言い渡され、そのまま眠り込んでしまったらしい。

「あ、あれ？　もう終わったんですか……？」

線のように細い目を器用に瞬《また》かせてから、車が走り出していることに気づいて、慌《あわ》てて居住まいをただした。

寝てても起きててもたいして顔の変わらん男だと思いつつ、御師は彼を睨《にら》みつける。

「疲れているのはわかるが、時と場所をわきまえんか」

「すみません」

ばつが悪そうに頭をかいて、高良は真顔になった。

「達彦氏はどうでした？」

「鬼を捕らえることについては、こちらに協力するつもりはないそうだ」

「はあ」

わかっているのかいないのか、神妙にうなずいた部下にはそれ以上かまわず、御師は座席に深くもたれかかった。

目を閉じ、黙然《もくねん》と物思いにふける。彼とてこのまま眠り込んでしまいたいのはやまやまだったが、そうしたところで平穏《へいおん》な眠りが訪れるわけがないこともわかっていた。

傍《かたわ》らで高良が身じろぎした。

「何だ？」

目をつぶったままでたずねると、

「言い忘れてました。すみません。……さっき連絡があって、都内で僕の車が発見されたそうです」

それでようやく、御師は高良を見た。

「『本家』の使役《しえき》が逃走に使った車がか。確かか」

「はい。報告書はすでに回っています。車はキーがついたまま、その後の彼らの足取りについては、手がかりとなるものは何も残っていませんでした」

「時間は」

「連絡が入ったのは、御師殿が神島宅に赴《おもむ》かれた直後です」

少なくとも一日のうちに鬼は東京に戻ってきていたということだ。しかし車をわざわざ発見されやすい都内に放置したということは、別の手段でさらに遁走《とんそう》したか、逆に裏をかいて近場に留《とど》まっている可能性もある。

（やはり、手がかりにはならんか）

苦々しく思ってから、御師は眉《まゆ》を寄せた。

「もう一度、車を調べなおせ」

高良は困惑したようだ。

「すでにこちらの者が現場での調査を終えているはずですが」

「おまえは鬼の気が見えると言っていたな」

「はい」

「車内にはあの二人の気が残留《ざんりゅう》している。殺された人間の血を浴びているのならなおのこと、すぐには消えんだろう。そこからトレースして何か手がかりになりそうなものがわかるかも知れん。それでなくとも自分の車だ、車内で鬼が触れたもの、動かしたもの、どんな些《さ》細《い》なことでもかまわぬから徹底して調べろ」

「わかりました」

高良はうなずいた。

「――それと」

言い差していったん口を閉ざし、御師は座席の背にまた、身体をあずけた。

「凶星《きょうせい》と対立するもうひとつの力が存在することは、おまえも聞いただろう。天狗《てんぐ》の書状によれば、僧形《そうぎょう》の柿《かき》色の衣《ころも》を着た鬼だそうだが。星見《ほしみ》であるおまえが、それほどの大事を事前に摑《つか》んではいなかったのか？」

詰問《きつもん》口調の上司に対し、高良の顔がいっぺんに情けないものになった。

「申し訳ありません。ここんとこ、予見がどうもうまくいかなくて。羅睺《らごう》の影響が出ているせいだと思うんですけど」

「そのことは鹿島で一度聞いた。だが兆候があったとすれば、もっと早かったはずだ」

「ええ、おそらく……。僕は完全に読み損《そこ》なっていました」

自分の力不足を恥じるように、高良は肩をすぼめた。

それを横目で一瞥《いちべつ》し、御師は何事か考え込む。

やがて、言った。

「聞いておきたいことがある。――答えにくい内容なら、どうしてもとは言わぬ」

「はい」

「おまえは、わしの下に来るまではある政治家のもとにいた。その男は過去の不祥事《ふしょうじ》が露見《ろけん》して失脚《しっきゃく》、政治家としての生命を絶たれたそうだが」

御師は言葉を切ったが、高良の反応がないので、ふたたび続けた。

「おまえは占者《せんじゃ》としてその未来を予見していながら、雇《やと》い主《ぬし》に黙っていたとも、嘘の予見を告げたとも……そういう噂《うわさ》がある」

高良はちらとあらぬ方角に視線を投げてから、正面をむいたままの御師の横顔に目を据《す》えた。

「事実なのか」

「事実です」

考え込むような間《ま》のあとに、返答があった。

「どちらだ？　嘘を言ったのか、黙って見過ごしにしたのか」

「僕は黙っていました。予見を告げなかったんです」

「では、おまえの行為が結果的にその政治家の身を破滅させたということだな。——なぜ、そんなことをした？」

高良は目尻《めじり》をいっそうさげた。邪気《じゃき》のない笑み。

「発覚したのが過去の収賄《しゅうわい》程度ですんだのなら、もうけものですよ。あの男は他にも相当あくどいことをやっていましたから。おまけにそれを隠しとおすだけの狡猾《こうかつ》さもコネクションも運も持っていた。まあ、政治家として必要な資質だと言ってしまえばそれまでですけどね。どのみち、この国の将来にとってあまりためになる人物じゃなかったんです」

御師は深く息を吸うと、相変わらず部下のほうは見もせずに、言った。

ひどく疲れた口調で。

「知っていながら黙っていた……か」

含みのある言葉だった。

車内に沈黙が訪れた。

車窓《しゃそう》に流れる街の風景は、すでに青い夕闇をまとっている。そういえばこの日は冬至《げし》——一年のうちでもっとも夜の長い日だ。

暖房の効きが悪いのだろうか、と御師は思う。先ほどから冷たい手でかすかに背筋を撫《な》でられているような気がしてならない。

そうして御師は、ぽつりと低い声を漏《も》らした。

「なぜ『本家』の使役《しえき》をこちらの陣に加えようなどと考えた」

「それは……ただのその場での思いつきですよ。彼らが本当に鹿島に来るなんて、思いませんでした」

「だが、おまえが進言した翌日には、上部からその指示がきた」

「偶然です」

そうか、と御師は呟《つぶや》く。その言葉を信じるとは、本人も思ってはいないだろうに。

「その政治家の一件は――その人物がそれほど悪辣《あくらつ》な業《ごう》を重ねていたのなら、おまえのやったことは正しかったのであろう。おまえは自分の良心に従って行動したというわけか」

「いえ」

星見《ほしみ》は平然と言った。

のんびりした口調だけ聞いていれば、暇《ひま》つぶしに世間話でもしているような感さえある。

「ほんと言うと雇《やと》い主《ぬし》がどんな人間だって、僕はべつにかまわなかったんです。どんな汚い手を使って政敵の追い落としを画策しようが、資金繰《ぐ》りと票集めのために裏取り引きやら買収《ばいしゅう》やら、あげくは恐喝《きょうかつ》まがいの方法で誰の口を封じたところで、そんなことはたいしたことじゃありませんでした。でも、あの男は」

「――」

「この世には踏み込んではならない禁忌《きんき》の領域があることを、わかっていなかったんです」

御師は首を巡らせた。部下の顔を、凝視《ぎょうし》する。

「禁忌？」

「自分の地元で、ある土地を強引に買収しゴルフ場だかレジャー施設にするだかで業者に売り渡そうとして……。自分は何をしても許されるなんて思ったんでしょうねえ、きっと。政治生命を絶たれたくらいですんでよかったですよ。あのままなら本当に命もなくしていました」

御師はふっと、つめていた息を吐いた。

「どういう意味だ」

「あの男は、自分の分《ぶん》をわきまえずに、手を出してはならないものに手を出そうとした。世の中のたいがいの人間が知らなくてもいいことってのはあるんです。目をつぶって、けして触れてはならない約束事みたいなものです。——興味本位でそんなものに首を突っ込めばどんなことになるか、御師殿のほうがよくご存知ですよね？」

高良はニッコリとした。

ふたたび、冷たい手が御師の背筋を撫《な》でた。

絶対的な禁忌《きんき》。——この世界の日々の営《いとな》みを構築する法律も常識も、そこではまったく通用しない。そんな闇よりも深く暗い不可知《ふかち》の領域は、宮内にも確かに存在していた。いや、宮内であるからこそと言うべきか。御師とて、そこに踏み込むことは許されない。

——知らなくてもいいのだと、高良は言っている。

(この男は)

では、その禁忌に属する人間だとでも。こちらがカマをかけていることがわかっていて、これ以上、自分を追及するなと笑いながら言うのか。

そら恐ろしかった。

一体誰の、何の意志でこの男は自分の下に配置されたのだろうと、御師は思う。

それでもひとつだけ。信じねばならないことはあった。

宮内に属するかぎり、たとえ何者でありそれを問うことが許されずとも、この男の使命は自分と同じであるはずだ。最終的には皇室の守り手として行動すべく義務づけられた者であることには違いない。

（獅子身中《しししんちゅう》の虫《むし》では）

ない、はずだ。

「いずれにせよ、おまえの言ったとおりになったな」

最後に、御師は高良から視線を逸《そ》らせた。いまだ胸の中に巣食う疑念を、努めて振り払おうとしながら。

「これで我々は、本当に鬼を抹殺《まっさつ》する理由を手に入れた」

「ええ、そうですねえ」

高良は笑顔のままで、うなずいた。

二章　来《こ》し方行方《かたゆくえ》

1

翌日。東京の神島《かみしま》家別宅において、『本家』の三つの家による合議《ごうぎ》が急遽《きゅうきょ》、執《と》り行われることとなった。

当初の予測どおり、各家の御大《おんたい》が直接、呼び出しに応じることはなかった。それでも御景《みかげ》、秋川《あきかわ》ともに即応して代理の人間を送ってきたところをみれば、それぞれの家が今回の事態をどれほど深刻に受け止めたかが知れる。

果たして、指定された時刻に神島家の門をくぐったのは、当主の次席レベルに相当する者たちであった。

御景家からは、長男にして当主補佐の地位にある御景眞巳《まさみ》。

秋川から来たのは、側近筆頭《そっきんひっとう》の矩川《くかわ》、伊澤《いざわ》の二名だ。

昨日御師《おし》を迎えた客用の座敷には、午後の陽が薄く射し込んでいた。一面の障子《しょうじ》が開け放たれ、廊下《ろうか》のガラスごしに広々とした庭園を望むことができる。新緑の時季、紅葉の時季にも素晴らしかろうが、樹木の冬枯れた今は庭の石組みが際立《きわだ》って、眺めをいっそう趣深《おもむきぶか》いものにしていた。

「これは、御景眞巳殿」

自分たちより遅れて姿をあらわした眞巳に対し、矩川と伊澤が慇懃《いんぎん》に居住まいを正して挨拶《あいさつ》した。同じ代理の立場であっても、この場において『本家』の血をひく人間と家人《かじん》にすぎぬ身では格が違う。それをふまえた秋川側近の態度だ。

「お久しぶりでございますな。ご健勝《けんしょう》で何よりと存じます」

実際に御景の長男の顔をこうして目《ま》のあたりにするのは、どれくらいぶりだろうと矩川は思った。ある時を境に、御景眞巳はぷっつりと『本家』の公《おおやけ》の場に姿を見せなくなったのだ。

――そう、庶子《しょし》でありながら次期当主に指名された三吾《さんご》が、出奔《しゅっぽん》し行方《ゆくえ》をくらませて以来。

まるでそうすることによって、自分が不在の弟になりかわり当主の座を継ぐことはありえないのだと、周囲に頑《かたく》なに主張しているかのようであった。

だがもう、その必要もない。三吾が次期当主の件を承諾《しょうだく》した今、御景の長男は誰はばかることなく、こうして三家の合議の席にあらわれた。

「秋川ご当主は最近、体調がすぐれぬと聞いたが」

矩川にうなずいて礼を返し、眞巳はわずか、眉《まゆ》をひそめた。

「おかげさまで快方にむかっております」

「それはよかった。——ところで」

言いかけて、眞巳は言葉を切る。小さく苦笑した。

「いや、今ここで口にすることではないか」

矩川はさりげなく視線を庭園にむけた。

「前の屋敷に劣らず、こちらも立派なものですな。さすがに神島は関東を管轄《かんかつ》に置くだけのことはある」

「拠点《きよてん》のひとつやふたつ、敵の攻撃にさらされたところで、痛くも痒《かゆ》くもないということだ」

申し訳程度に外の眺めを一瞥《いちべつ》し、眞巳はうなずく。そうして独り言のようにつけ加えた。

「もっとも、いかに見た目に立派な家屋敷であっても、柱が腐《くさ》っていてはどうしようもないが」

矩川は視線を彼に戻した。

「そのお言葉はいかがなものかと」

「ものの道理だろう」

涼やかな面《おもて》に翳《かげ》りひとつ浮かべず、眞巳はすいと矩川の傍《かたわ》らから身を退《ひ》き、用意されてあった席に腰を据《す》えた。

それを横目に、伊澤がすました顔で耳打ちする。

「……どうやら此度《こたび》の場は荒れそうですなあ。くわばらくわばら、と」

矩川はわずかに目を細めると、温厚そのものの表情を引き締めた。

襖《ふすま》の外に家人《かじん》を残して座敷に入った神島達彦《たつひこ》は、座につくとそこにいる面々をゆるりと見回した。

「まずは御景、秋川両家に対し当方の要請にすみやかに対応いただいたことについて、礼を申し上げる。書状に書き送ったとおり、なにぶん火急《かきゆう》の件ゆえ、不躾《ぶしつけ》ながら両家には急ぎ参集願うこととなった」

目の前にいるのが実際に他家の当主であったとしても臆《おく》することはなかったであろうと思わせる、堂に入《い》った態度だ。

場にはそこはかとなく硬く張りつめた空気が漂っていたが、達彦が口をきったことで、その緊迫感はいっそうの圧力を増した。

それを払拭《ふっしょく》するかのような落ち着き払った声で、矩川が達彦に会釈《えしゃく》する。

「その節は」

秋川の側近《そっきん》が達彦と顔をあわせるのは鬼無里《きなさ》の一件での会合以来、それから二ヶ月しか経っていない。だが考えようによっては、長い二ヶ月だった。——凶星《きょうせい》に抗しうる手段を探しあぐねて過ぎていった日々、『本家』にとってもあまりに多くのことが起こっていた。

達彦の目が、もう一人の当主代理をとらえた。

「そちらは、懐かしいと言うべきかな。そう、最後に京都でお会いしてから八年になる」

眞巳は静かな眼差《まなざ》しで彼を見返す。ただしそれは、薄刃《うすば》のごとき鋭さを含む氷の静けさであった。

「確か正月恒例の茶席で、見事なお点前《てまえ》を披露《ひろう》していただいたのだった」

「覚えていてくださったとは光栄だ」

「謙遜《けんそん》なさる必要はない。このところ御景の長男殿の名はよく耳にする」

くつくつと、達彦は柔らかく喉《のど》を鳴らした。

「ご当主もよき参謀《さんぼう》をえられて、さぞ心強く思っておられることだろう」

ある意味、痛烈な言葉であった。

神島に対する反乱分子。鬼つかいの代行権限の譲渡《じょうと》をせまっている立役者《たてやくしゃ》が誰であるのか、達彦はすでに見抜いている。

毛の先ほども表情をかえず、眞巳もまたひんやりと言葉を返した。

「それは神島とて。当家の不肖《ふしょう》の弟とは違い、立派な跡継ぎがおありだ」

――いっそ殴《なぐ》り合いでもしてくれたほうがまだよかった、とこの時の感想を、伊澤はのちになってしみじみと、側近《そっきん》仲間に語ったものだ。

「通達にあった内容に相違はないのでしょうな。雷電《らいでん》と酒呑童子《しゅてんどうじ》が、中央の術者を殺害し逃亡をはかったというのは」

　ずしりと響く声で、矩川が割り込んだ。

　秋川の側近筆頭《ひっとう》は厳しい面持《おもも》ちで腕を組む。達彦の送った書状には、聖《ひじり》に蛇神《じゃしん》が取り憑《つ》いた経緯《けいい》も含め鹿島《かしま》入りしてからの鬼たちの行動がわかるかぎり克明《こくめい》に記されていたが、使役《しえき》鬼《き》二人の心情をそこから推《お》し測ることは不可能であった。

　矩川は、弓生《ゆみお》と聖を知っている。

　よほどの理由がなければ『本家』の使役は人を殺《あや》めたりはしないのだと、それは言いきることができる。

　問題は、中央の指揮下に入った時点であの二人がどのような感情を抱いたのか、夜刀神《やとのかみ》に憑かれたことによって聖にどんな変化があったのか、そして——術者が殺害された時、鬼たちがどのような状態にあったのかが、しごく曖昧《あいまい》であることだ。

　おそらくそれは当事者にしかわからぬこと、とすればかなりやっかいである。

「事実関係に相違はない。それゆえ、使役の処分を検討するにあたって御景、秋川の意見を聞かせてもらいたい」

　達彦はふたたび、視線を巡らせる。その冷淡な瞳の色で場にいる者たちをとらえた。

「文面に書かれたこと以外に、考慮《こうりょ》すべき点はありますかな」

「鬼に情状酌量《じょうじょうしゃくりょう》の余地があるかという質問ならば、受けかねるな。すでに死者が出ており、使役《しえき》の行方《ゆくえ》も知れぬままだ。中央はなんとしてもあの二人を捜し出し、捕らえると言っている」

「殺すと？」

「彼らにも面子《めんつ》はあるということだよ」

中央は鬼を抹殺《まつさつ》するつもりだ。

「いやはや、乱暴な。こうなれば連中はこちらの言い分など聞く耳はもたんでしょうなあ」

伊澤が吐息まじりに呟《つぶや》く。

元々、中央は復活した蛇神《じやしん》を封じるつもりであったのだ。それが『本家』の鬼に取り憑《つ》き、いったんは両者を引き離すことも考えたようだが、その矢先にこの悲劇が起こってしまった。

鬼も蛇神も一緒に始末してしまえば一石二鳥の好都合。いささか短絡《たんらく》的に見える結論に中央が陥《おちい》ったのは、達彦が言うように自分たちの面子を重んじてばかりのことでは、けしてない。

中央の人間が異形魔性《いぎようましよう》の類《たぐい》に対して見せる拒絶《きよぜつ》反応は、鬼女紅葉《きじよもみじ》の一件によって秋川も身に沁《し》みている。つまり、術者を殺したのが鬼であろうが、その鬼を操《あやつ》っていた蛇神であろうが、もはや相手は関係なしということだ。

「しかし酒呑童子が夜刀神をコントロールできなかったというなら、あの鬼が今どのような状態にあるかを確認できぬかぎり、うかつに追いつめることが得策とは思えませぬが」

しばし押し黙ってから、矩川は言った。

神島から通達を受けた時には驚愕《きょうがく》したものだが、今になってあらためてこの事態の重さがひしひしと感じられる。

「中央とてそれがわからぬほど、筋《すじ》を見失っているわけではありますまい。万が一にも中央の側にこれ以上の死傷者が出ることにでもなれば、それこそとりなしも不可能となります。ここは無理をおしてでも、いったん彼らに手をひかせる算段をすべきではないかと」

達彦は一瞬、口の端に嘲笑《ちょうしょう》めいた色を浮かべた。

「とりなし、か。なるほど、穏健《おんけん》派の秋川の意見だけのことはある」

「――」

「中央にはすでに忠告はしてある。その上で、『本家』があちらに協力する意志はないことも伝えておいた」

「――それは」

「連中に使役の身柄《みがら》を引き渡すつもりはないし、処分をまかせるつもりもない。あの二人の鬼は『本家』の庇護《ひご》下《か》にあるもの、外の人間に口出しされる筋合いはないということだ。中央は独自に動くと言っているが、鬼への攻撃はすなわち『本家』に対する攻撃と見なすという点で、ことこの一件に関しては『本家』は中央と決裂したわけだよ」

矩川はまじまじと達彦を見つめた。

では、『本家』は使役《しえき》の二人を守る側に立つということか。そのためには中央を敵に回すことさえ辞さないと？

しかし決裂というのは、いかにも性急すぎる結論のような気もする。

確かに、『本家』にあの二人を守る義務はあるだろう。だがこれまでの行動を顧《かえり》みて、神島達彦という人間は義務感だけで動くタイプではない。それが神島にとって不利になることならば、なおさらだ。

これまで、たとえば『本家』の中で神島の優位を保つために、おのれの利になると見たからこそ、中央との関係を積み上げてきたのではなかったか。

それを一刀両断《いっとうりょうだん》に切り捨てたにも等しい、達彦のこの口振りは——。

「中央へのとりなしなど、この時点ですでに不可能だよ。我々が考えるべきはいかに彼らよりも早く使役を見つけ出し、どのような処分を与えるかだ。今日のこの場はそれを検討するためのものであって、すんだことを今さら取り沙汰《とざた》するためにわざわざ両家に出向いてもらったわけではない」

高みにいる者の言葉だった。

他の二つの家はあくまでも補佐役に徹しての考えを述べればよいのだと。だが手綱《たづな》を握り采配《さいはい》を振るうのは自分であり、神島なのだと。

「待たれよ」

口を開いたのは、眞巳である。

御景の長男はきりっと眉《まゆ》をつりあげた。

「こちらの意見をわずかなりと尊重していただけるというのなら、この合議《ごうぎ》は中央への返答の前に開かれるべきものであったはずだ。今、達彦殿が言われたことはあくまで神島の意向でしかない。それを、御景と秋川の考えを明らかにするより先に、『本家』の総意として中央に伝えるのはいかがなものかと思うが」

達彦は彼に視線を投げた。

じわりと、冷淡な笑みをその口元にたたえた。

「鬼を扱う権利は神島にある。この一件は『本家』の使役に関わること、ならば神島の意向を三家の総意とするは前例のないことではないよ」

「いかにもこれが鬼つかいの意向であるというのであれば、他家の人間が異《い》を唱える道理はない」

眞巳もまた、ふと口の端を緩《ゆる》めた。

薄刃《うすば》のごとき眼差《まなざ》しが、いっそう冷ややかな光を浮かべる。

「鬼つかいとは、三家の合意のもとにその能力を認められ選ばれた者、それゆえ『本家』の意志を代弁することが許される。失礼ながら一時的にその権限を預かる身で『本家』を統括《とうかつ》するかのように公言なさるのは、僭越《せんえつ》にすぎるのではと」

おまえはその資格に値《あたい》しない人間なのだと、言外《げんがい》にきっぱりと言いきった。

『本家』の人間にとって――少なくとも御景や秋川にとって鬼つかいは神島隆仁《りゅうじん》ただ一人。その息子を認めたつもりも、この先認めることもない。

「なるほど、たかが当主の代行の身分で思い上がるなというわけだ」

達彦の声音《こわね》はどこまでも柔らかかった。

「しかしながら一時的とはいえ、私には父にかわって、使役《しえき》に対して負うべき責任がある。鬼つかいがみずからの庇護《ひご》下にある鬼を守るのは当然の理《り》、それゆえ中央が鬼を排斥《はいせき》すると言うのなら、対立を覚悟してでもこれに抗《あらが》うべきとは思うのだが」

揶揄《やゆ》するように、ゆるりと言葉を続ける。

「父、隆仁も同じ対応をとっただろう。――むろん、賛同できぬ旨《むね》あらば謹《つつし》んで承《うけたまわ》る。仮に、神島ではなく御景のご当主が鬼つかいの座にあったとして、この場合にはどのように対処なさっただろうか」

伊澤が横目で矩川をとらえた。飄然《ひょうぜん》とした風情《ふぜい》を崩《くず》さぬまま、この側近《そっきん》は警戒を促している。受けて、矩川は小さくうなずいた。

予想した以上に、不穏《ふおん》な空気がこの場を支配していた。

神島達彦は、傲岸《ごうがん》であってもその棘《とげ》を真綿《まわた》に包み込む程度の話術は心得ているはずだ。会話の流れを掌中《しょうちゅう》で操《あやつ》りながら、あくまで婉曲《えんきょく》な物言いと穏やかな物腰を変えぬ人間だと、矩川は認識していたのだ。

それが、今回にかぎって露骨《ろこつ》なまでに、他家に対しての神島の優位性を強調しているように聞こえる。あえて、相手の反感をあおるとわかっているはずの「鬼つかい」という単語を繰り返すことからしてそれは明白だ。

（……わざとか？）

まるで居丈高《いたけだか》に相手を挑発するかのように。

（しかし、それで神島が『本家』の中で孤立することにでもなれば、元も子もなかろうに）

そこまで考え、矩川は口元を固く引き結んだ。

……孤立？

神島は、中央と敵対してまで使役を守ると宣言した。その神島に対して御景なり秋川が反発を見せれば、その時点で鬼つかいの権限の割譲《かつじょう》を要求した両家の行為自体が、意味をなさなくなる。

神島が孤立したところで、達彦は鬼つかいの座を独占する大義名分《たいぎめいぶん》を手に入れることになるのだ。

（まさか）

疑念は、刹那《せつな》をへて確信にかわった。

（最初からそのつもりか）

とすれば、これはまずい。——いかにもまずい。

荒れるどころではない、達彦の思惑《おもわく》どおりにいけば、この合議《ごうぎ》の場は。

矩川が身を乗り出しかけたその時、眞巳が凛《りん》と声を放った。

「鬼つかいとしての責任を云々《うんぬん》される前に、ご自分の失態についてはどのように責任をとられるおつもりかを述べられるがよかろう」

「失態と？」

「これまで我々の先人が隠しつづけてきた使役《しえき》の存在をみずから中央に対して明白にし、あまつさえあの鬼たちを中央の指揮下に委《ゆだ》ねたこと。此度《こたび》の一件が、達彦殿が代行としての権限を独断にて行使したがために引き起こされたものであることは疑うべくもない。その都度の事情はあったとしても、隆仁殿ならば他家への礼を尽くし、事前に御景と秋川に事を諮《はか》ることもなされただろう。当家とて、これまで鬼つかいの座に敬意を払うからこそ、事後承諾《じごしょうだく》というかたちであっても神島の行為を黙認《もくにん》してきた。だが『本家』そのものを危機にさらす事態を招いたとあらば、その責任を追及されたところで仕方はあるまい」

「まるで詰《つ》め腹《ばら》を切れとでも言わんばかりだね」

達彦は悠然《ゆうぜん》と笑む。

「歯に衣《きぬ》きせぬところはさすがに兄弟よく似ている。もっとも次男殿のほうは、『本家』全体を背負うほどの覚悟はまだないようだが」

「――」


三吾をひきあいに出され、眞巳の目が一瞬、苛烈《かれつ》なまでの光をおびた。

「申し訳ないが、御景と秋川に天狗《てんぐ》の先手をとって凶星《きようせい》を封じる有効な手だてがあったとは思えない。それともこちらが他家に礼を尽くして伺《うかが》いをたてれば、問題は何も生じなかったという確信が、御景にはおありか」

目に見えぬ刃《やいば》が触れ合うような、瞬間だった。

互いに白刃《はくじん》を相手に突きつけ、間合いをはかるかのように、達彦と眞巳は視線を交わらせた。

先にそれを振るったのは、眞巳だ。

「では必要以上に中央と接触し癒着《ゆちやく》して、神島の利ばかりを追うあまりに『本家』の内部に軋轢《あつれき》を引き起こした。その御仁《ごじん》はどなただ」

「剣呑《けんのん》なことを言う」

「遠野《とおの》で神島が何をしようとしたかをお忘れか？」

低い笑い声が応じた。

「家の利を求めたのは私ばかりではない。――我々は同じ穴の貉《むじな》だよ、御景の長男殿」

ダン、と掌《てのひら》が激しく卓に叩きつけられた。

「お二方《ふたかた》とも、いい加減になされよ」

矩川の声が威圧《いあつ》感をはらんで室内に響く。

しばし瞑目《めいもく》して会話を聞いていた秋川の側近《そっきん》は、達彦と眞巳の両者を苦々しく見やった。

「本題を見失ってはおられますまいか。この合議《ごうぎ》は使役《しえき》の処分を決めるためのものであったはず。どのような手を打つにしても、中央はすでに鬼の追討《ついとう》に動きはじめておりましょう。つまらぬ言い合いをしている場合ではありませんぞ」

なぜこんなことに、と矩川は心中で暗澹《あんたん》たる思いを嚙《か》みしめる。

――これが本当にただの、つまらぬ諍《いさか》いであってくれたなら。どんなによかったか。

この会話の裏にある御景の計算にもまた、彼は気づいていた。

眞巳にもとっくにわかっていたのだ。神島達彦の思惑《おもわく》が。合議の名をかりて、神島がどのような結末を引き出そうとしているのかを。――その上で、御景の長男はここを、宣戦布告《せんせんふこく》の場として選んだ。

一見、むざむざと相手の挑発にのったかのような眞巳の対応は、あらかじめその意図《いと》あってのことだったに違いない。

(馬鹿な)

使役の存在を中央に公表した時、それは『本家』があの鬼たちをこの先も守りつづけてゆくことをも表明したのだと、矩川は思った。

だが「庇護《ひご》する」という言葉が、そのまま『本家』内部の権力争いの図式を意味することになるとは、海千山千《うみせんやません》の側近衆《そっきんしゅう》であってもさすがにその時点で読んでいなかった。少なくとも、その最悪の筋書きが三つの家の代表が集まったこの席で、これほど露骨《ろこつ》に表面化しようとは。

これではもう、とめることは不可能だ。

『本家』は瓦解《がかい》する。

「いかにも、我々にはもう時間は残されていない。御景の意見を申し上げよう」

一気に室内の温度のさがったような静寂《せいじゃく》を経て、眞巳が口を開いた。

「どのような経緯《けいい》であろうと、中央とある程度の関係が成立してしまっている以上、それを反故《ほご》にすることは現時点で『本家』にとってさらなる脅威《きょうい》を増やすことに他ならない。すでに中央側は我々のことを知りすぎている。『本家』の存続に主眼を据《す》えるならば、鬼か中央か、どちらを選ぶべきかは明白だろう」

達彦に目を据えたまま、迷いなく言いきった。

「対立を覚悟してでも鬼つかいは鬼を守るべきと達彦殿は言われるが、御景はあくまでその意見には賛成いたしかねる。——使役《しえき》はこの際、切り捨てるしかない」

中央の協力の要請をいれて、使役は抹殺《まっさつ》すべし。

それが、御景の答えだ。

「——」

伊澤が諦《あきら》めたようにそっと首を振った。やれやれ思ったとおりだ、と言わんばかりに。それを目の隅《すみ》にとどめ、矩川はもはや表情を動かさなかった。

「秋川は」

たっぷりと眞巳を凝視《ぎょうし》したあとに、達彦は視線を巡らせた。

奇妙に熱のない声音《こわね》で、尋ねた。

「……当家はこの件からは手をひかせていただく」

「ふん？」

矩川の表情に普段の温厚な風情《ふぜい》はすでにない。厳然《げんぜん》とした目で場を見渡すと、重い決意の滲《にじ》んだ声で言った。

「使役を守るも追うも好きにされよ。あの二人の鬼に関しては、秋川は一切の権利主張をこの場において放棄《ほうき》する。この一件について当家はこれ以後関与する意志はなく、従って使役の行動及びそれにともなう責任問題には無関係である旨《むね》、神島、御景ともに了承されたく」

「それは、秋川は鬼の使役権を放棄するという意味にとってよいのかな」

「ありていに言えばそうですな。――そんなものが最初からあったかどうかは別としても」

ほとんど口をはさまなかった伊澤が、この時になってようやく、ごく冷ややかに返答した。

「頭の固い年寄りは、とかく揉《も》め事《ごと》を厭《いと》うものでして」

三家の代表がこの席上で話し合うべきことは、もう何もなかった。

「矩川殿」

屋敷を出て車に乗り込もうとしたところで、背後から声がかかった。

振り返り、そこに眞巳の姿を見て、矩川は目礼《もくれい》した。

「もうお帰りか」

御景の長男はコートを片腕にかけた格好で、慇懃《いんぎん》な笑みをむけてきた。この男は母親似だなと、そんなことをふと矩川は思う。御景当主の内室《ないしつ》は病弱の質《たち》ゆえ滅多に人前に顔を出すことはないが、それでも一、二度は遠目に見かけたその白い顔を彷彿《ほうふつ》とさせる顔立ちだ。

「我々は今日中に奈良へ戻ることになっておりますので」

「お急ぎのところを申し訳ないが、少し時間をいただけないだろうか。この機会に話したいことがある」

挨拶《あいさつ》の段で眞巳が言いよどんだことを思い出し、矩川はうなずく。閉ざされた神島の屋敷の門扉《もんぴ》をちらと一瞥《いちべつ》した。

「眞巳殿は東京にご滞在ですかな」

「御景の別宅に」

「では、そちらまでお送りいたしましょう。話は車の中で」

自分が座るつもりだった運転席を伊澤にまかせ、後部席のドアを開けた。眞巳に続いて自分も隣におさまった。

「――あくまで、中立を守られるつもりか」

眞巳が沈黙を破ったのは、車が走り出してだいぶ経ってからのことだ。

「このまま事なかれに退《しりぞ》き、鬼についての発言権すら手放せば、秋川はこの先、佐穂子《さほこ》嬢が当主を引き継がれたのちにも、他家への追従《ついじゅう》を余儀《よぎ》なくされるだろう。『本家』内部の主力争いからみずから撤退を表明するとは、その気骨《きこつ》と才腕《さいわん》できこえた秋川側近衆《そっきんしゅう》のとるべき方策とも思えないが」

「過分《かぶん》なお言葉ですな。我々は賢明《けんめい》でもなければ、いざという時にはこの程度に小心者だったということです」

「それはどうかな」

「ついでに申し上げれば、あの場で二者択一《にしゃたくいつ》をせまられて、答えを出せるほど果敢《かかん》でもない。あれが精一杯といったところでしょう。――我々は『本家』の分解など見たくはありませんでした」

「二者択一、か」

眞巳は静かな面《おもて》で、呟《つぶや》いた。

神島か、御景か。あの場で秋川がひかねば、それは必ずどちらかの立場に与《くみ》することになった。その瞬間に『本家』の三つの家の力の均衡《きんこう》は崩《くず》れたのだ。

たとえ秋川が中立を貫《つらぬ》いたところで、事態がどうにかなるものではないと、わかってはいても。

「神島達彦の専横《せんおう》をこれ以上許せば、どのみち『本家』は破綻《はたん》を迎える。そうならないためにも、この機会にあの男と神島の力を殺《そ》いでおかねばならない。ひとつの家が突出《とっしゅつ》した権力を握って他家に君臨することの弊害《へいがい》は、そちらもとうにわかっているはずだ」

「秋川とて、一度ならず神島との決裂を覚悟したことはあります。けれどもそれはあくまで覚悟であって、本心から望んだつもりはない。『本家』の存続は旧来どおり三つの家の共存なくしてはありえないものと信じておりますので」

眞巳は薄く笑った。感情の見えない笑みだ。

「馴《な》れ合いで共存できる時代は、もう終わっている」

矩川は彼を一瞥《いちべつ》すると、落ち着いた声で言った。

「——それで。お話というのは」

「御景はこの先、独自に中央と交渉をもち、あちらの協力の要請を受け入れるつもりだ。その旨《むね》、秋川には先に伝えておく」

御景は中央と手を組むと、言ってのけた。

これまで神島の特権ですらあるかのように思えた中央との交渉権を、御景は独自に手に入れる気だ。確かに、この機会ならば可能だろう。

神島の中央との癒着《ゆちゃく》を責めながら、達彦が相手との関係を悪化させたと見るや、それを逆手《さかて》にとることを御景の長男は厭《いと》わなかった。

「鬼への対処については、中央の術者たちより我らのほうがよほど熟練している。貴重な助力と情報を得られるとあっては、中央の側も否《いな》とは言わぬだろう」

「では御景はみずからの手で、あの二人を殺すと言われますか」

「そういうことになる。『本家』の使役《しえき》は、今や災厄《さいやく》をもたらすものでしかない」

束《つか》の間《ま》の沈黙のあと、矩川は低く言った。

「弟御《おとうとご》は納得なさらぬでしょう。三吾殿はあの二人とは親しくあるようにお見受けしましたが」

「確かに弟は何につけ思いいれが強すぎる。だが、使役が頼りになる身内でも親しい友人でもないことを、そのうちあれも理解するだろう。自分が人の上に立つ人間であることを、そろそろ自覚してもいい頃だ。――その意味で、身近におく者に余計な情けをかけぬ点では神島達彦はよく心得ていたものだな」

矩川は鋭く眉《まゆ》をひそめた。

「なぜ、この話を我々に？」

わかりきったことだ。

御景は、秋川が中立の立場でいることをよしとはしていない。おそらく合議《ごうぎ》の前段階から、神島と対抗するために秋川を自分の側に取り込むことを考えていたのだろう。

それは眞巳の次の言葉で証明された。

「こちらが中央とあらたに関係を結べば、秋川にとって不都合なことも起こりうるだろう」

「それはどういった意味ですかな」

「中央が憎む鬼は、『本家』の使役《しえき》ばかりではないということだ」

先よりも長い沈黙のあとに、矩川はぽつりと声を押し出した。

「――鬼無里《きなさ》の一件を」

視線を前方にむけたまま、眞巳はゆるりとうなずいた。

「紅葉の存在を中央に隠さねばならないことが、秋川にとっての弱みだ。仲介として動いた以上、神島が中央に情報を漏《も》らすことはまずありえないだろうが、御景がその点でタッチしていなかったことならいくらでも証明できる。あの場に居合わせた三吾は、最後まで詳細を知らされていなかった。少なくとも御景は、隠蔽《いんぺい》工作に加担《かたん》するつもりはなかったということだ。――それを中央に告げればどうなるかは、問うまでもないだろう」

「本気で言っておられるか」

矩川の声音《こわね》に動揺はない。怒りよりもなぜか、わずかにやるせない響きがその口調にこもっていた。

中央が紅葉の存在を知り、彼女を排除すれば、おそらく鬼無里は中央土気《ちゅうおうどき》の護《まも》りとしての霊力を失う。他の気の要《かなめ》の地がことごとく崩壊《ほうかい》した今、その事態だけは避けなければならない。――だが、そんなことは理由のひとつにすぎなかった。

鬼無里を守りたい。紅葉を守りたい。佐穂子のその強い願いがなければ、秋川は鬼無里から撤退していた。

それを弱みと言われれば、そのとおりだ。秋川にとって利があるどころか、不利を背負い込むことになるのは、最初からわかっていたのだから。

「こちらとて、同胞《どうほう》を売るような卑劣《ひれつ》な真似《まね》はしたくはない」

眞巳は首を巡らせ、矩川を見る。迷いのない目だった。

それから、後方にちらと目を走らせると、

「ここまででけっこうだ。手間をとらせて申し訳なかった」

伊澤が道端《みちばた》に寄せて車をとめると、神島宅から伴走《ばんそう》していた御景の車がその後ろで停車した。

車を降りながら、眞巳は秋川の側近《そっきん》たちを一瞥《いちべつ》する。その際に一言、言い残した。

「秋川にとっては何が得策かを、もう一度よく考えられよ」

「――見事に脅《おど》してきましたな」

走り去る御景の車を見送り、運転席の伊澤はげっそりしたように首を振った。

後部席から助手席に乗り換えて、矩川は小さく息をつく。

「やはり。御景で油断がならぬのはあの長男のほうだったか」

「こちらもいったんは片棒《かたぼう》を担《かつ》いだのですから、大きなことは言えんでしょう」

御景と結託《けったく》して神島本宅に送りつけた、くだんの書状のことを言っている。

「御景との連名については、当主には反対申し上げたのだが。普段は気丈《きじょう》な方が、今回寝込まれたことで精神的にもかなりこたえておられるようだ」

「気を張ってらしても、お年がお年ですから。——こんな時に」

エンジンをかけながら、伊澤はほろ苦い笑みを浮かべた。

「こんな時に寛之《ひろゆき》様がいてくださったらと。このところ、つい思ってしまうのですよ」

「——」

「失礼。つまらぬことを」

「いや」

走り出した車の中で、矩川は視線を窓の外に逸《そ》らせた。

同僚の気持ちは痛いほどわかる。彼とて、幾度となく同じことを思わぬではなかったのだ。

——術者として有能か、当主を継ぐに足る能力の持ち主か。そんなことはもうどうでもいい。今、寛之が秋川にいてくれれば、その存在だけでどれほど心強いことか。

だがそれは、死んだ子の年を数えるにも等しい繰《く》り言《ごと》でしかない。

伊澤はふっと吐息をついた。

「誰もかれも、一番大事なことを忘れておるような気がしてならんのです。我々が今、本当に考えねばならぬのは、凶星《きょうせい》の出現をいかに食い止めるかではなかったのですかな」

『本家』がこうも纏《まと》まりを欠いていては、羅睺《らごう》を封じる有効な手だてなど、求めるすべもない。

天狗《てんぐ》の攻撃に対してすら、自分たちはいまだに後手《ごて》に回っているというのに。

「それは中央とて同じことだ。目先の事態に汲々《きゅうきゅう》として、たとえこちらの嘘がばれたとしても、この先に紅葉を追討《ついとう》するだけの余裕があるかどうか」

「しかしあの様子では、御景の長男殿は冗談事《じょうだんごと》ですませるつもりはありますまい」

応じて、矩川の声音《こわね》は淡々としていた。

「こうなれば腹《はら》を括《くく》るよりないということだ」

「ほう」

「御景も秋川も、もはや形振《なりふ》りかまわぬところまできている。なればこそ、今、我々が動くわけにはいかぬ」

「なるほど」

伊澤はわずかばかり微笑した。

「まあ、私としましても御景に脅《おど》されて使役《しえき》の抹殺《まっさつ》に手を貸すよりかは、中央と一戦交えるほうがまだマシですな。そんなことになれば、佐穂子様がどれほど怒り狂われることやら」

軽口めかせて言ってから、その表情を引き締める。

低く、口の中で呟《つぶや》いた。

「……こんなことを、佐穂子様に何と言ってお伝えすればいいのか」

矩川は何も言わず、ただ険《けわ》しい眼差《まなざ》しを宙に浮かせることでそれに答えた。

あの二人の鬼に使役《しえき》に対する以上の感情を抱いているのは、御景の次男にかぎったことではない。鬼たちと親しくあるのは佐穂子もまた同じだとわかっているからこそ、この事態を知って彼女がどれほどショックを受けるかが、側近《そっきん》たちにとっては何より気がかりなことであった。

2

「なん……だって？」

三吾は目の前の兄の顔を見つめた。

例によって東京の御景家の別宅である。今日になってまた、アパートに兄の使いを名乗る者がやってきて、半《なか》ば強引に彼を車に乗せてここへ連れてきた。眞巳がまだ香川に戻らず東京に残っていたことを知って首をひねった三吾だが、屋敷に当の本人の姿はなく、結局それから何時間も、手持ちぶさたのまま座敷で待たされることになってしまった。

眞巳が戻ってきたのは、夕刻近くになってである。

それで初めて三吾は、鹿島で何が起こったのかを、中央の術者を殺して逃げた聖と弓生の処分をきめるために三家が集まって合議《ごうぎ》が開かれたこととあわせて、兄の口から知らされた。

座敷に胡座《あぐら》をかいた格好のまま、三吾が呆然《ぼうぜん》と声をあげたのは、眞巳の話が一通りすんでからのことだ。

「もう一度言ってくれ。……弓生と聖が……って」

「あの二人の鬼の行方《ゆくえ》はいまだに知れない。中央は彼らを捜し出して抹殺《まっさつ》する旨《むね》、『本家』に伝えてきたそうだ」

「何、言ってんだ、そんな――そんな馬鹿なこと、あるわけねぇだろっ」

「馬鹿なこと？」

「あいつらが、なんで中央の人間を殺さなきゃなんねえんだっ？」

「落ち着け」

聞き分けのない子供を諭《さと》すような、眞巳の口調だ。

「『本家』の使役は、中央の術者三名を殺害し、逃亡した。これは、紛《まぎ》れもない事実だ」

「――！」

なおも言い募《つの》ろうとして、三吾は言葉を失う。同時に、どくん、と自分の鼓動が耳鳴りのように頭に響いた。

眞巳の言葉が、じわじわと胸を食《は》んでゆく。

信じられなかった。いや、兄の言う事実をどう受け入れてよいのかが、わからなかった。

事件は一昨日に起こったという。そして彼は今の今まで、そんなことは想像もしていなかったのだ。

(弓生と聖が)

人を殺した。直接手を下《くだ》したのは聖らしいが、その聖には夜刀神と呼ばれる蛇神《じゃしん》が取り憑《つ》いていて……。

頭の中で、眞巳の説明を冷静に繰り返す自分がいる。その一方で、唖然《あぜん》とただ立ち尽くすように反応ができない自分がいる。

三吾は指で鷲摑《わしづか》むように、髪をかきあげた。

膝元《ひざもと》に置いた灰皿の上で吸い差しのタバコがゆっくりと灰にかわってゆく。その灰皿は、眞巳を待っている間に彼が家人《かじん》から無理矢理せしめたものだ。

自分が何にこれほど動揺しているのか、三吾にはわからなかった。

あの二人が殺人を犯したこと？　姿を消したことか？　それとも、中央が彼らを抹殺《まっさつ》しようとしている事実になのか——？

(違う)

もっと、大切なことだ。早く手を伸ばさなければ、かけがえのないものが指先からすり抜けて消えていってしまうような、いてもたってもいられぬほどの焦燥《しょうそう》感。

（――早く）

眞巳の静かな声が耳に届いた。

「あの鬼たちは、殺さなければならない」

見るともなく灰皿から立ち上る紫煙《しえん》を目で追っていた三吾は、顔をあげた。

もう一度、兄の顔を凝視《ぎょうし》した。

「……え？」

「『本家』の使役《しえき》が人を殺《あや》めた危険な存在となった以上、我々は中央と協力体制をとり、彼らを抹殺する」

三吾は兄から目を逸《そ》らせることができないまま、自分の呼吸を数えた。

眞巳は何を言っているのだろう。――幾度も、その言葉を胸の中で反芻《はんすう》して。

鬼を殺す？

「弓生と聖を……殺すってか？」

「そうだ」

それはつまり、『本家』があの二人を切り捨てる意味だと、ようやく理解した瞬間、三吾の身体が震えた。

「達彦か？」

じわりと、声に怒りが滲《にじ》んだ。

「あの野郎がそう言ったのかよっ？　——畜生っ！」

畳《たたみ》を拳《こぶし》で殴《なぐ》って立ち上がった三吾を、眞巳が制止する。

「どこへ行く」

「決まってるだろうがっ。冗談じゃねえ、あいつに撤回させてやる！」

「神島達彦ではない」

すでに兄の前から踵《きびす》を返していた三吾の足が、とまった。

振り返る。

眞巳は塑像《そぞう》のように無表情に、言葉を継いだ。

「今日の合議《ごうぎ》の結果、神島はこの件に関してのみ中央の要求をいれず、鬼をこの先も庇護《ひご》する方針を示した。秋川は中立を宣言している。この不祥事《ふしょうじ》には関知せず、使役《しえき》に対する権限を一切放棄《ほうき》するそうだ」

三吾は目を瞠《みは》る。自分でもひどく間の抜けた声を、返した。

「じゃあ、——誰が」

さっき眞巳が口にした、『我々』という言葉が意味するのは。

「御景は両家とは見解を異《こと》にする。『本家』のこの先を考えるならば、あの二人の鬼は排斥《はいせき》しなければならない」

ふいに。まったくふいに、三吾は兄の言葉を明確に理解した。

他ならぬ『御景』である自分たちが、鬼を殺す側に回ったことを。

どくん、とふたたび鼓動が跳《は》ねる。どくん、どくん、と全身の血液が逆流するように、耳に打ちつける。

「……なぜ」

「中央は今回のことで、鬼を扱うに足る経験も技量もないことを露呈《ろてい》した。もしそれさえなければ、中央に迎合《げいごう》したのは神島であり、我々は逆に使役を庇護しつづける立場をとったのかもしれない。だが神島達彦にとって中央はもはや、利用価値のない相手だ。彼らが恐怖する鬼を手中《しゅちゅう》におさめることで、神島は明らかに中央の優位に立つことができるとわかったのだからな」

「――――」

「もし雷電と酒呑童子がふたたび神島の庇護下に入ることになれば、神島達彦は今度こそ、鬼つかいとしての権限を掌握《しょうあく》するだろう。そうさせぬためには、先手を打ってあの二人の存在を消してしまわなければならない。そのことは、おまえにもわかるはずだ」

中央は鬼を恐れ、その鬼の上に君臨し使役する者をも、恐れるようになる。

それは、達彦が何よりも欲しがっていた、絶対的な力。

そして御景は。

その力を神島に与えぬため、真っ向から達彦に対抗するためだけに、進むべき道を選んだ。使役《しえき》を殺すという、決断をした。

身体の両脇で白くなるほど握り締めた三吾の拳《こぶし》が、小さく震えた。今度は怒りのためではない。自分の中でふくれあがる、鋭い痛みすらともなうその感情を何と呼ぶのか、三吾自身も知らない。

その場に突っ立ったまま、喘《あえ》ぐように、掠《かす》れた悲鳴のように、三吾は声をあげた。

「遠野で、……あんたはあの二人に会ったよな。弓生と、聖に」

「それが」

「どうして言えるんだ。あんただってあいつらを見ている。それで、なぜ、殺すと……あいつらを殺すと、言えるんだ……っ？」

悲痛な声を受け止めて、眞巳は毅然《きぜん》と彼を見上げた。

「おまえはいずれ父に代わって御景という家を背負う身だ。自分にとって何が最も大切なことであるかを、よく考えろ。今、おまえが守るべきなのは、あの鬼たちではないんだ」

三吾は大きく目を見開いた。

家を負う者。御景の次期当主という立場。

——一度は逃げ出し、そしてもう二度と、逃げることはできぬもの。

それでも、兄から目を逸《そ》らせることもできぬまま、三吾は呻《うめ》いた。

「俺には、できない」

ああ、と呟《つぶや》き、眞巳はうなずいた。立ち尽くした弟を見つめて、初めてその表情を和《やわ》らげた。

「私がやる」

ひどく優しげな声だった。

「案ずるな。おまえは見ているだけでいい。——これは、私の役目だ」


「次期当主」

声をかけられ、三吾は我に返った。

車はいつの間にか、彼のアパートの前に停《と》まっている。同乗していた家人《かじん》が何か言いかけたが、それを振り切るように無視して、三吾は車を降りた。

アパートの部屋に戻り、叩きつけるようにしてドアを閉ざす。後ろ手でノブを押さえた格好で天井を仰《あお》いだ。

そのままへたり込みたいような気分だった。

屋敷を出る前にはどんな会話を眞巳と交わしたのか、どんな挨拶《あいさつ》を告げてきたのかも覚えていない。ただ、兄の前から逃げるようにして屋敷を飛び出してきた。

すでに日はとっぷりと暮れ、部屋の中は真っ暗だ。照明のスイッチを探ろうとしてその手をとめ、三吾はのろのろと靴《くつ》を脱ぎ捨てた。

コートをはおったままで冷蔵庫から缶ビールを取り出すと、暗く冷たい部屋の床に身体を投げ出すように腰を落とした。

「畜生……」

ぽつりと乾いた声で呟《つぶや》いて、乱暴にプルトップを引き開ける。中身を一気に飲み下《くだ》した。冷え切った身体に凍るようにアルコールが沁《し》みてゆく。

——どうすればいい。

その言葉だけが、意味のない音のように、頭の中を駆け巡っていた。

どうすればいい。何をすればいい。

——眞巳は本気だ。御景のために聖たちを殺そうとしている。

あっという間に空《から》になった缶を握り潰《つぶ》して、三吾はふと首を巡らせた。半《なか》ば無意識の動作だった。

目の隅《すみ》で電話のランプが瞬《またた》いている。誰かが彼が出かけている間に連絡をいれてきたらしい。

いつもなら留守録メッセージなど気がむくまで放っておくのに、なぜかその時、暗がりで点滅《てんめつ》を繰り返す光がひどく気になった。

座ったまま手を伸ばして再生ボタンを押す。アナウンスが機械的に、五時少し前に着信が一件あったことを告げた。

そして。

『——おまえに頼みがある』

一瞬。呼吸がとまった。

まさかと思った。

(弓生……？)

間違いない。あの鬼の声。

「弓生っ」

跳《は》ね起き、電話に摑《つか》みかかるように飛びついて、三吾は唸《うな》る。

なぜだ。今どこにいる。何をしている……？

ほんのわずか、相手が本当に留守なのかどうかうかがうような間《ま》のあとに、普段とかわりのない、平坦《へいたん》で事務的な弓生の声が続いた。

『俺たちのマンションに、佐穂子と成樹《なるき》へのクリスマスプレゼントが置いてある。ツリーの下だ。すまないが、おまえからあの二人にそれを渡してやってくれ。聖がずいぶん気にしているから、できれば早いうちに頼む』

ぷつっとテープはそこで切れた。

三吾は呆《ほう》けたように電話を見つめた。震える指で、もう一度再生ボタンを押す。

『頼みが……佐穂子と成樹への……おまえからあの二人にそれを……聖がずいぶん気にして……』

外から公衆電話でも使ってかけているのか。かすかな雑音が声の背後に混じっている。

『できれば早いうちに頼む』

何度聞いてもそれだけだ。彼へのメッセージは、それだけ。

しん、と部屋の暗みで身を硬くしていた三吾だが、やがてゆっくりと立ち上がった。その肩がぶるぶると震え出す。ふいに足もとに転がっていた空《から》のビール缶を引《ひ》っ摑《つか》むと、力まかせに壁に叩きつけた。

それでも足りず、手近にあった屑《くず》カゴを派手な音をたてて蹴《け》り飛ばすと、大声でわめいた。

「てめえぇっ、これから自分がどうなるか、ちったぁわかってんのかよっ？　こんな時まで、ひとをこき使ってんじゃねえっ――！」

こういう事態なのだ。自分たちの居場所を告げるとか、状況を知らせるとか、いや、百歩ゆずってそれが無理でも、もっと他に言うべきことはあるのではなかろうか。

……それを。

「他に言い残すことねえのかよっ。何がっ、クリスマスプレゼントだっ、くそったれえぇ――っ!!」

隣近所の迷惑かえりみず、憤懣《ふんまん》やるかたない三吾の怒声《どせい》がアパート中に響き渡った。

三章　禁忌《きんき》の者

1

高良《たから》が鬼たちの隠れ家を訪れたのは、鹿島《かしま》の惨劇《さんげき》から三日後のことだった。

車がまだ使えないので、最寄《もよ》りの駅でタクシーを拾った。なにしろ昼間のこと、適当に近場で降り、人目に触れぬよう注意しながら金網《かなあみ》で囲われた敷地に忍び込む。鍵《かぎ》は弓生《ゆみお》に渡した以外にも、予備のぶんをひとつ持っていた。

雑木林《ぞうきばやし》を迷いない足取りで進んで、二人がいるはずの建物まであと一息というところまで来た時に、高良は立ち止まった。

前方に人影があった。ちょうど低い冬の陽が逆光に射し込む位置で、目の上に手をかざしてようやく、高良はそれが聖《ひじり》であることを知った。

聖はこちらに背中をむけて、じっとそこに佇《たたず》んでいる。勾配《こうばい》をのぼりきったその場所のむこうには空が見える。樹々の間から望むのは西の方角、とすれば眼下《がんか》の街でも眺めているのか。

何やらただならぬ雰囲気《ふんいき》を感じて、高良は顔をしかめた。足を速めて急いで声をかけようとした時である。それまで身じろぎもしなかった聖が動いた。組んでいた腕をほどき、メガホンの形に口を手で囲った。

絶叫。

「退屈やあぁぁぁぁぁ――っ!!」

丘陵《きゆうりよう》のどこかで羽を休めていた烏《からす》たちが、その声に驚いていっせいに空にはばたいた。

「ああ、スッキリしたわ」

どうやらそれで満足したらしく、腰に手をあて晴《は》れ晴《ば》れとした顔で振り返った聖は、ん？と首を傾《かし》げた。

「そんなとこで何しとんねん、おまえ？」

彼の目の前で、脱力して地面にへたり込んでいる高良を見てのセリフである。

「……いえあの。戸倉《とくら》さんこそ、こんなところで何をしてるんです？」

「見てわからんかい。やることのうて暇《ひま》やさかい、ストレス発散しとったんや」

やっとこさ立ち上がって、はあ、と高良はおぼつかなくうなずいた。

「鹿島を出た時の様子が尋常《じんじよう》じゃなかったんで、ちょっと心配してたんですが。なんか見事に復活してますね」

「当たり前や。そうそういつまでも落ち込んでてたまるかい」

あの茫然自失《ぼうぜんじしつ》状態を、ただの「落ち込み」と断言するところがすごい。

もう一度偉そうに腕を組み、聖はうん、と自分で大きくうなずいた。

「これでもな、いつもより長いくらいや」

「まだ三日も経っていませんけど」

「アホ。俺はなぁ、あれから丸一日も悩んだんやで。御師《おし》さんにも迷惑かけてしもたし、やっぱこら、まずいことになってしもたんやないかてな。けど、そんだけじっくりと考えて、ひとつわかったことがある」

「何がですか」

「すんでしもたことは、考えるだけ無駄てことや」

……それでいいのか。

しばし黙り込んでから、高良は遠慮《えんりょ》がちに言った。

「申し上げにくいんですが、あのー、こっちは三人ほど死んでるんですが」

それには聖も神妙な顔になる。

「あれは気の毒なことしてしもたわ。かしかしと頭をかいて、俺、正真正銘《しょうしんしょうめい》、あいつら殺すつもりはなかったんや。殺すつもりない人間を殺した時て、ほんま、気分悪いもんやねんで」

「はあ」

「けどな、それこそよう考えてみたら俺、鬼やし」

大江山《おおえやま》の酒呑童子《しゅてんどうじ》の名はだてではない。歴史に悪名を残すには、それなりのことはやっている。もともと惚《ほ》れた女を食い殺して鬼になった経歴の持ち主だ。

つまり、そのあたりのモラルやら何やらは、別次元の話であった。鬼だから人間を殺しても当然とはもちろん言わないし、好きで殺すわけでもないのだが、自分に関わる相手以外にはあまり後腐《あとくさ》れもないのである。

高良は何か考え込んだようだ。

「人を殺すとやっぱり嫌な気分ですか」

「そら、そういうもんやろ。おまえにはわからんやろけど」

なるほど、と口の中で呟《つぶや》いて、高良は建物の方角に目をやった。

「志島《しじま》さんは中ですか？」

「ユミちゃんやったら、今ちょっと出かけとるで」

あっさりと聖が言ったもので、高良は大きく首を傾《かし》げる。

「出かけたって……もし誰かに見られたらどうするんです。一体どこへ行ったんですか」

「買い出しや。ケーキ買いに行っとる」

「ケーキ？」

ますます困惑した高良を見て、聖はすこぶる真面目《まじめ》な顔になった。

「おまえ、まさか今日が何の日か忘れとんのとちゃうやろな」

「何の日です？」

とたんに聖の腕が伸びて、高良の襟首《えりくび》をぐいと摑《つか》んだ。

「おまえそれでも日本人かっ。今日は十二月の二十四日やっ、クリスマスイブなんやっ」

べつにクリスマスは日本古来の祭ではない。

「俺は、今日はご馳走《ちそう》つくって、ケーキ食って、イエスさんの誕生日をとことん祝うつもりやったんやで」

「で、でも戸倉さん。パーティはこないだやったんじゃ……」

聖は高良の首からぱっと手を離すと、ぐぐっと拳《こぶし》を握った。

「あれは予行演習や——っ！」

それなのに、といっぺんに悲嘆《ひたん》にかきくれた顔になる。

「こんなとこにおって、クリスマスも祝うことがでけへんのや。せめてケーキくらい食いたいて思うのが人情やんか！」

察するに、弓生は外出ついでにクリスマスケーキを買ってくることを、無理矢理約束させられたのだろう。この調子で相棒に騒がれて、さしもの冷静な鬼も根負《こんま》けしたらしい。——もっとも、この二人をよく知る人間に言わせれば、消沈《しょうちん》した直後の聖に対しては弓生はとことん甘いのである。

高良は背広のネクタイを締め直し、ついでに外したままだったダッフルコートのボタンも

きっちりとかけてから、しみじみと言った。

「とにかく、お願いですからこの敷地の外にはなるべく出ないでください。一応お二方《ふたかた》とも、今のところ世間から身を隠してなきゃいけない立場なんですから」

「俺かてユミちゃんに買い出しなんぞ頼みたないわ。けど、ユミちゃんは俺にはこっから動くなて言うし、台所見たら缶詰しかないしな。俺かて辛《つら》いんやで」

「はあ」

「ユミちゃんなあ、何頼んでもデパートで買い物してきよるんや。魚やら野菜やら、そんな高いとこで買《こ》うてどないすんねん。スーパーの閉店まぎわの投げ売りやったら半額ですむやんか」

経済観念ちゅうもんがないんやなー、いっつも買い物を俺にまかせきりにしとるからこういうことになるんや、と真顔で文句をたれている。

論点がかなりずれていることはあえて指摘せず、高良は控えめに答えた。

「……スーパーで主婦にまじって買い物をしている志島さんて、あまり想像したくないです」

それでも、相棒には隠れ家から出るなと言い聞かせるだけ、弓生のほうがよほど自分たちの置かれた状況を自覚していた。

冬の陽は早くも傾きはじめている。時おり丘陵《きゅうりょう》をわたって吹き上げてくる風にまきあげられ、枯葉が硬い音をたてて降るようにあたりに散った。

「それでおまえ、なんか用か？」

今さら思いついたように聖に尋ねられ、高良は笑った。この男にしては多分、複雑な笑みだったのだろう。

「それは一応、僕がこの場所を紹介した手前お二人がどうしているか、気になりますからね。それと、この先のこともいろいろ考えなきゃいけませんし……」

「そか。ほなコーヒーでも飲んで中で待っとろか。ユミちゃんもじき帰ってくるやろし」

そう言ってさっさと建物のほうに歩き出した聖のあとに慌《あわ》てて続きながら、高良はやんわりと微笑をたたえた顔で言った。

「でもよかったです、戸倉さんがいつもとかわりなくて。あのままだったら本当にどうなることかと思っていました」

聖は彼に背中をむけたまま、一瞬、ひどく真剣な目をする。

折しも駆け抜けた風の音に紛《まぎ》れてほとんど聞き取れぬような低い声で、ぽつりと言った。

「俺がいつまでも落ち込んどるわけにはいかんやろ。——そんなことなったら、俺よりユミちゃんのほうが辛いんや」

それからほどなくして、弓生が戻ってきた。

玄関に出迎えた聖にケーキの箱を無言で押しつけてから、ふと高良に気づいてその目を細めた。

ソファに座ってコーヒーを飲んでいた術者は、ぺこりと頭をさげる。

「お邪魔してます、というのもヘンですね。ここの居心地《いごこち》はどうですか、志島さん」

「……悪くはない」

「それはなによりです」

弓生はコートを脱いでソファの背にかけると、高良の正面に腰を下ろした。

「今も戸倉さんに、コーヒーメーカーがないって怒られたところですよ。インスタントはあまり好きじゃないそうです」

「そんなものはべつにいい。聖の言うことをいちいち聞いていたら、そのうち布団《ふとん》乾燥機や食器洗い機まで揃《そろ》えさせられるぞ」

「あはは。それは困ります」

聖が姿を消したキッチンのドアの方角をちらと見てから、弓生は高良からあずかっていたメモを上着の内側から取り出し、テーブルの上に置いた。

「聞きたいことがある」

「ええ」

「なぜ仲間を裏切ってまで俺たちを逃がした？」

「それは前にも言ったとおりです。あなた方は中央にとってまだ必要な存在ですから。その意味で、僕は宮内《くない》を裏切ったつもりはありません」

「それはおまえの予見か。――俺たちが中央にとってどう必要だと？」

高良は両手で包み込むようにしていたカップをテーブルに置いた。

「あの柿《かき》色の鬼はあなた方に関心があるようだ。理由はまだわかりません。ただ、あの鬼が動き出すためにはどんなかたちでか、あなた方の助けがいるようなんです」

「――」

「ある意味、あの鬼は人間にとって非常に危険な存在です。特に中央にとっては。鬼無里《きなさ》で紅葉《もみじ》を覚醒《かくせい》させ、今あなた方に関わろうとしているのは、逆にそれぞれがかつては体制に反逆したとされる異形《いぎょう》であるからだと僕はにらんでいます。つまり自分と同じ、人にはあらぬ者だからこそ、あの鬼はあなた方を認識したのでしょう。――だけどあの鬼の存在なくしては、この国は凶星《きょうせい》の出現によって崩壊《ほうかい》します」

のんびりとした口調で断言した相手を、弓生は凝視《ぎょうし》する。

「それでおまえの果たす役割は」

「そんな大仰《おおぎょう》なもんじゃありませんけど。あなた方のそばにいれば、あの鬼の意図《いと》も知れるはずです。羅喉《らごう》と敵対できるその力を、僕は利用したい。そのためにはあの存在が真実何者であり、どのような目的で何をしようとしているのかを見極《みきわ》めなきゃなりません」

「……なるほど。中央のためだな」

「正確に言うと宮内のためです。少々ニュアンスが違いますよ。皇室のあの血筋のためであって、それ以外のことは実はどうでもいい」

まるで何気《なにげ》ない口調で。

人が笑うには二通りある。感情の発現である場合と、逆にその感情を意図《いと》的に隠そうとする場合。終始《しゅうし》ニコニコと笑っているような、悪意のかけらもなさそうな顔立ちが生まれつきのものだといっても、この男はそれが他人と接するにあたってどれほど効果があるものかをよく知っている。

(あの血筋のため……?)

よほどのことがなければ、中央に属する人間であってもこれほど当然至極《とうぜんしごく》には公言せぬ言葉だ。皇室以外のことはどうでもいい、などとは。

(一体)

とらえどころのない男だと、最初から思っていた。だが今更《いまさら》ながら、薄寒いほど得体《えたい》の知れぬ相手だと、弓生は思う。

「どうかしたんですか?」

黙り込んだ弓生を見て、高良は首を傾《かし》げた。

その時、聖がキッチンから出てきてコーヒーを弓生の前に置いた。自分もソファに腰かけると、高良にむかってニヤリとした。

「俺もおまえに聞きたいことあんねんけど」

「はい、何でしょう」

「おまえ、ガキの頃から今みたいな能力があったんか？　そういう光やら流れやらを視《み》るちゅう力やけど」

「はい。物心ついた時からですから、生まれつきだと思います」

「ほな、おまえの親もそうなんか」

高良はきょとんとしたように聖を見返した。

「あのお、その質問の意味はちょっとよく……」

「せやからな、子供の頃からそういう素質があって力があったかて、『本家』みたいな家やったらともかく、普通の親は驚くし気味悪いて言うかもしれへん。けどおまえは皇室のために自分がおるてキッパリ言うたところをみると、誰かにそういうふうに教えられたてことや。なんぼ星見《ほしみ》の力かて何も知らん子供がいきなり未来の読み方なんぞわかるかいな」

「――――」

「他にもおまえ、薬を使《つこ》うてみたり、普通の人間やったら知らんようなことをいろいろ知っとったりな。二十歳《はたち》とちょっとでそんだけのことができるんや、早いうちから訓練受けとったんとちゃう？　けど、一般家庭で痺《しび》れ薬《ぐすり》の使い方なんぞ子供に教えるんは、ちょいと物騒《ぶっそう》やで」

高良はまじまじと彼を見つめてから、言った。

「僕には、親はいません」

「したらけっこうな後ろ盾《うしろだて》がおるてことやな。宮内庁やら気象庁やら、そういうとこにも顔がきくヤツや。――それ、誰やろ？」

高良は困惑したようだ。おそらくこのての質問は予想していただろうし、場合によってははぐらかすことも考えていたかもしれない。だがこれほど単刀直入《たんとうちょくにゅう》に突っ込まれるとは、さすがに思っていなかったらしい。

短い沈黙のあとに、軽く肩をすくめた。

「それが誰なのか、会ったこともないし会いたいと思ったこともないと言ったらどうします？」

「ふん？」

「本当ですよ」

ふたたび屈託《くったく》のない笑顔に戻って、高良はうなずいた。

「……そうですね。多分、あなた方には話しておいたほうがいいでしょう」

そう言って、テーブルの上に置かれたままになっているメモに目を落とす。

「このあたりがどういう土地かは、もうご存知なんでしょう？」

　これは弓生への問いかけだ。弓生が買い出しと称して、外出ついでに自分たちのいる敷地の近辺を一通り調べて回っていたことは見抜いている。

「聖蹟桜ヶ丘《せいせきさくらがおか》——明治天皇ゆかりの聖地だ」

　弓生は無表情に応じた。

　かつて関戸《せきど》といったこの地の丘を、明治天皇は狩り場として好んで訪れた。その故事にちなんで昭和十二年、ここを通る鉄道の駅を関戸から聖蹟の名に改めたのだ。

　聖蹟とは、時の天皇が行幸《ぎょうこう》した地の意味である。

「この丘陵《きゅうりょう》に明治天皇の銅像が建てられていることを知っていますか。像そのものは北を向いていますが、馬上の天皇はその面《おもて》を北西に向けている。——北西の方角を睥睨《へいげい》する格好になっています」

　それがなんやねん、と聖は首を傾《かし》げる。

「『国見《くにみ》』ですよ。古来、天皇は山の上に立って自分の領土を見下ろし、その地の豊穣《ほうじょう》と平和を祈念《きねん》した」

　それもまた、司祭者である天皇が国を治めるために施《ほどこ》した呪《しゅ》のひとつである。

「なるほどな。明治天皇は死してなお、国見をおこない、ここから北西に広がる武蔵野《むさしの》の大地を支配しているというわけか」

　弓生は小さく口元を歪《ゆが》めた。

「それにしては皮肉な話だ。皇室の聖地というわりには、見たところこのあたりはかなりの敷地が、米軍の管轄《かんかつ》下にあるようだが？」

「ええ。ゴルフ場に米軍のための補助施設、弾薬庫までありますよ。土地をアメリカに供《きょう》出《しゅつ》した政府が、聖蹟と呼ばれるこの地の本当の意味までわかっていたのかどうか。——でもね、志島さん。天皇の行幸地《ぎょうこうち》であった聖地と、米軍の管轄地。一見、対照的な取り合わせのように思えますが、実はひとつの共通点があるんです」

「共通点？」

「戦前戦後と一貫して、日本でありながら一般の日本人が足を踏み入れることのない場所だということですよ」

ごく普通に生きる日本人の生活の営《いとな》みや世俗とは、一線を画した空間を内包《ないほう》する土地。

弓生は軽く息をつめた。

「この敷地は、米軍の管轄か？」

そうではないとわかっていたが、その時唐突《とうとつ》に脳裏《のうり》に閃《ひらめ》いた言葉を口に出すよりは、まだそのほうが信じられるような気がした。

「ええ、表向きは。というよりも、付近の住民はそうだと思い込んでいます。でもアメリカどころか日本国政府だって、無闇にこの敷地に踏み入ることは許されていません。この国のいかなる公的機関もここで権力を行使することは不可能ですし、極端な話、法律すらここでは何の意味も持たないんです」

（まさか）

弓生は思った。――今の時代になってもまだ、こんな場所がこの国に残っていたとは。

高良の言ったことが真実ならば、確かに中央ですら、ここに潜《ひそ》む彼らには手を出せまい。

「ここは、無外《むがい》の地か」

束《つか》の間《ま》黙り込んでから、まだ何か信じられない思いで弓生は言葉を押し出した。

「いまだに国家権力が及ばぬ場所だと？」

その視線の先で高良は微笑《ほほえ》む。

うなずいた。

「ええ。そうです」


無外の地。

それは縦横《じゅうおう》に拘束《こうそく》し合う社会の枠組《わくぐ》みを外れ、現世のしがらみのすべてを断ち切った場であり空間である。

例えば『サンリン』。例えば『無縁《むえん》』。そして『公界所《くがいしょ》』などと呼ばれたそれらの場所は、絶対的な不文律《ふぶんりつ》でもって古くから、日本の各地に存在した。

女が夫を嫌って無縁の寺に駆け込めば、夫は女を連れ戻すことは許されず、離縁《りえん》が成立する。無縁《むえん》の場所に一歩入れば、罪人は咎《とが》めを受けることなく、武士ですら主従《しゅじゅう》関係を切ることが叶《かな》ったという。

農民が厳しい暮らしに耐え兼ねて逃げ込む場所は、役人の追ってはこぬ聖地としての山林《さんりん》であり、治外法権《ちがいほうけん》を誇る自治都市は時の権力者から独立した公界所《くがいしょ》と言って間違いない。

実際、戦国時代においてもそういった無外《むがい》の地は世俗の敵味方とは無関係な場として、戦火を免《まぬが》れている。

大名《だいみょう》たちですら踏み込むことのできなかった場所。——要するにそこは、かつて厳格な身分制度に縛《しば》られていた日本の社会において、唯一《ゆいいつ》、おのれが従属するものを持たぬ自由な『ウエなし』の世界であったのだ。

「無外と呼ばれた場所が、今でもあったとはな」

だが弓生はすぐに驚きを、その無表情の下に隠した。

「さすがにそれほど数は残っていませんし、外部にはうまくカモフラージュしてありますからね。こんな土地がまだあることは、この界の人間だってほとんど知らないはずです。まあ、僕もここの他にはあと二、三ヶ所しか知りませんけど」

「それで？」

「はい」

「おまえは、この土地とはどういう関わりがあるんだ？」

語調を強めた弓生に対し、高良は短い沈黙で応じた。

すでに冷め切ったコーヒーのカップを手にとり、だが口をつけずに、やがて口を開いた。

「無外を生み出したのがどのような人間たちであったかは、あなたはもちろんご存知ですよね」

弓生はうなずく。

「定住する土地を持たぬ芸能の民、いわゆる漂泊《ひょうはく》の民と呼ばれた者たちだろう」

漂泊の民。

かつて、権力者に束縛《そくばく》されぬ不可思議な場を生み出し、その場から場へと行き来し、なおかつ自由人としての誇りをもって生きていた『無外』の人々の多くは、土地に定住することなく各地を流転《るてん》した職人や芸人たちである。

芸能とは元々、個人の技術や知識という意味において幅広く使われた言葉であった。今日《こんにち》のような見世物《みせもの》、芝居や音楽のみならず、たとえば鍛冶師《かじし》や鋳物師《いものし》、薬師《くすし》などといった専門職、下級の神官や僧侶、陰陽師《おんみょうじ》、果ては博打《ばくち》うちや遊女といった者たちまでその範疇《はんちゅう》に含まれる。

無外の地は遍歴する彼らの情報交換の場であり、結束《けっそく》の場であり、現代に続く芸の文化を花開かせる場であった。それゆえ無外に身を置く者は、時として権力者たちに公然と刃向かうだけの力を持つに至ったのである。

事実——。

最初の武家政権であった鎌倉《かまくら》幕府が滅びた際に、時の後醍醐《ごだいご》天皇の討幕《とうばく》の号令に応じたのは地方の武士たちばかりではない。天皇がその参謀《さんぼう》とも戦力とも頼んだのは公家《くげ》たちでもなかった。

武家の打倒と王権復古《ふっこ》をめざした後醍醐帝のもとに集結し、のちに南北朝《なんぼくちょう》の動乱を引き起こす原動となった勢力。その中心にあったのは、寺院の格付けから外されていた下級僧たち、「悪党《あくとう》」と呼ばれた主君を持たぬ職業武士団、貨幣《かへい》の流通とともに急速に力をつけつつあった商人、職人たち——まさに定住の地を持たぬ無外《むがい》の住人たちだったのだ。

笑みを浮かべたままの表情で、高良は目の前にいる二人の鬼を交互に見やった。

「星を見て未来を予見する僕のような職種も、いわば芸能の一端《いったん》ですから」

「要するにおまえは、昔やったら無外の人間ちゅうわけかい」

それまでおとなしく聞いていた聖が、がしがしと頭をかく。

「けど、今はみんなどっかしらに住んどるんやし、そんなもん、とうにおらんようになったて思とったで？」

無外と呼ばれた場は、すでに消滅したはずだった。

武家政権の基盤が揺るぎないものとなってゆくに従って、支配者たちは『ウエなし』の者たちが団結することを恐れ、厳しい管理体制を敷くようになる。徳川《とくがわ》の世には、無外の人間の多くは権力に吸収され、あるいは自由を奪われて、急速にその機能を衰えさせていったのである。

「まあ、表向きにはそういうことになっていますけどね」

高良は肩をすくめた。

「いわゆる漂泊《ひょうはく》の民の中には、例外的に武家の規制の対象とはならなかった者たちもいたんですよ」

「規制の対象にならなかった？」

弓生が鋭く目を眇《すが》める。

「――それは」

「天皇家の聖職として扱われた者たちです」

「――」

「芸能というのはもともと神仏や天皇に奉《たてまつ》る神事《しんじ》に端《たん》を発しています。ですから歌舞音曲《かぶおんぎょく》、それに儀式に携《たずさ》わる呪術系の幾つかの職種は元来、天皇家のための聖職として存在していました。そしてその中に、徳川も明治から続く政府も、禁忌《きんき》として手を出すことのできなかった者たちがいた」

「禁忌、て……どういう意味やねん」

聖は呆気《あっけ》にとられたように問い返す。

「天皇家みずから意図《いと》して、無外《むがい》に送り込んだ者。――いわば、天皇家の隠密《おんみつ》です」

二人の鬼は言葉を失った。数呼吸分の間をおいて、ようやく聖が素《す》っ頓狂《とんきょう》な声をあげる。

「隠密ぅ⁉」

高良は、結局口をつけなかったカップをテーブルに戻した。

「あなた方は、天皇家がなぜこれまで続いてきたのか考えてみたことはありますか。武家政権が確立してからは時代ごとに皇室の存在を脅《おびや》かす武将たちが台頭《たいとう》した。でも、いずれも朝廷よりも強大な戦力を持ち地盤を持っていたにも拘《かか》わらず、みずからを神と称した織田信長《おだのぶなが》や二百六十年もの幕府の安泰《あんたい》を築いた徳川でさえ、朝廷に君臨することはできなかったんです。結果的に彼らは滅び、天皇家は生き残りました。――それはべつに、運がよかったからでも、歴史の必然とかいうもののせいでもない」

確かに、歴史を繙《ひもと》けば天皇制は過去に幾度も崩壊《ほうかい》の危機に瀕《ひん》している。

だがその都度、天皇家は復権した。あたかもそれが天の意志であるかのように。

「司祭者としてこの国の頂点にあるあの血筋は、生き残るすべを十分に心得ていました。全国規模に広がる漂泊《ひょうはく》の民の情報網は、武家のそれの比ではなかった。無外とつながることによってそこに集まる者たちを利用し、その情報を吸収することで、彼らは歴史の流れさえ操《あやつ》り存亡《そんぼう》の危機を乗り越えてきたんです。新興にすぎない武家勢力が、太刀《たち》打ちできるはずもなかったんですよ」

「ちょい待てや。……したらおまえは、もしかして今でもその隠密っちゅうか、天皇家のお庭番《にわばん》てことか？」

聖はおっかなびっくり、どこか呆《あき》れ返った口調である。

「僕の職種はあくまで星見《ほしみ》ですから、多少ニュアンスは違いますけどね。まあ、そういうことだと思っていただいてけっこうです」

「では、おまえに命令を下《くだ》しているのは天皇家か？」

弓生は冷ややかに尋ねた。

「いえ、今はさすがに、直接には関係はないですよ。ただ、宮内のどこかにまだ旧来のシステムが残っていて、危急の際には自動的に僕のような人間が動くことになる仕組みなんでしょう」

同じ能力者を過去に見たことがないのも道理である。

おそらく、今も『無外』を名乗る者たちはその主《あるじ》である天皇家の危機に際してのみ、機動性を発揮する。そのためにかつて選ばれた者たちであり、同時に隠密として行動することを義務づけられた彼らは、宮内とのつながりまでも秘さなければならなかったのだから。

「先に起こることがわかっているのなら未来が変えられないはずはないと、以前に言っていたな」

弓生はそっと唇を嚙《か》んだ。

「はい」

「人にそれが許されるのか」

許されるはずはないと思っていた。それが許されなかった者たちを、弓生は知っていた。

——未来を予見しながら運命を受け入れざるをえぬことに苦悩し、嘆《なげ》いた者たちは数知れずいたというのに。

その一方で、歴史を変えるための予見を義務づけられていた者たちがいた。

朝廷の陰陽師《おんみょうじ》と漂泊《ひょうはく》する芸能の民。能力者としての立場は違えど、仕える相手は同じではなかったのか。

「僕は、そのためにだけいるんです」

それが当然であるかのごとく、高良は答える。

「天皇家のためにか」

「はい」

「そしたらここて、おまえらの集会所か宿泊所かなんかか？」

聖が感心したふうにあたりを見回す。

「そうらしいですね」

「らしい、てなんやねん。自分らのことやろ」

「さっきも言いましたが、僕は自分と同じ立場にいるというか、仲間と呼べる人間のことはあまりよく知らないんです。ここも必要なら使えと言われていたんですけど、実際に利用したのは今回が初めてなもので」

高良もまた周囲をぐるりと見て、ようやくくつろいだようにソファにもたれかかった。そういうところは生真面目《きまじめ》なのか、話をしている間はきちんと膝《ひざ》を揃《そろ》えて背筋をのばしていたのだ。

「お役に立ててよかったですよ。この場所は定期的に誰かが点検しているみたいです」

「――おまえ、親はおらんて言うとったな」

聖はちょっと考え込むように眉根《まゆね》をよせてから、口を開いた。

「はい」

「けど、おまえを生んだ両親はおるんやろ？　なんぼなんでも木の股《また》から生まれてくるほど器用やないやろし」

「あはは、そうですねえ。でも知らないんです。親の顔も、自分がどこで生まれたのかも」

高良はニッコリした。

「僕には家族はないし、自分の名前もありません」

「名前がないて……けど高良て、おまえ」

「便宜上《べんぎじょう》、勝手に自分でそう名乗っているだけです」

「――」

聖は目を瞠《みは》った。その表情に、高良はまた邪気《じゃき》のない笑みを見せる。

「僕は生まれてすぐに里子《さとご》に出されました。育ての親はほぼ一年か二年ごとに替わって、そのたびに僕の戸籍も名前も変更されたんです。うまくしたもので、僕を引き取った父親役と母親役にもちゃんと偽造《ぎぞう》された経歴があって、子供をつれてその街に引っ越してきた家族を装《よそお》えば、そうそう疑われることはありませんでしたし。それでまた親の交替時期がくれば、僕は別の場所に移って、別の名前で、別の親と暮らしました」

そういうふうに、高校を卒業するまでは各地を転々としていたのだという。

「育ての親も、おまえのような能力者だったのか」

「彼らが僕と同じ技や術を継承していたかどうかはわかりません。でも、少なくとも無外《むがい》の人間かその関係者であったことは確かです。僕は育ての親たちから必要な知識も、暗器《あんき》や薬の使い方も教わりましたから。――小学校にあがる頃には僕はすでに自分が他の人間とは違うことと、それを口に出してはいけないことを教え込まれていました。術者としてなるたけ集団の中で目立たないように、学校行事にもほとんど参加しませんでしたし、クラスでも他人の興味をひくようなことは何もしなかった。転校しても僕のことを思い出す人間はいなかったと思いますよ」

目立つ言動はするな。

平々凡々。人畜《じんちく》無害。あらゆる場で十人並みを装い、集団の中に埋没《まいぼつ》しろ、と。

子供はしばしば他人と自分の違う点に優越感を見出す。武器の使い方など知っていたのなら、なおさらだろう。だが、そんな自我すら目覚める前に、彼は無外の者としての意識を徹底的に叩き込まれた。

「十五になるともう親は必要ないということで、一人で暮らすようになりました。表向きには会社勤めの両親が海外転勤になったという設定で、その時に自分の名前を決めろと言われたんです」

「で、今の名前になったんか」

聖は口もとを曲げる。

そういえば彼だけはいち早く、鬼無里《きなさ》で出会ったその日のうちに高良が普通の術者とは違うことに——本人は匂《にお》いでわかると言っていたが——気づいていたのだ。

(生半可《なまはんか》な術者でない育ち方をしとるヤツや)

その時の聖の言葉を、今になって弓生は思い出す。

「ええまあ、ちょうど雑誌だか新聞だか手元にあって、目をつぶって適当に指さしたところの字を組み合わせたら、こういう名前になりました」

あはは、と頭をかきながら高良はまた笑ったが、呑気《のんき》に笑うようなことではない、というのが鬼二人の言い分だ。

「それで、十八になった時に二つのことを義務として果たすように言われました」

「義務？」

「ひとつは連絡を受けたらその指示通りに行動すること。もうひとつは子孫を残すことです」

「……て、子供つくれっちゅうことかいな」

「はい。僕と同じ能力を持った人間は多ければ多いほどいいということなんでしょう。年に何度かは、指示を受けた相手と会っています。ま、ちゃんと子供ができたかどうか知りませんけど、生まれていたらやはり里子《さとご》に出されて僕のように育つんでしょうね」

世間話でもするように平然と言った相手を、弓生はまじまじと見つめた。

（漂泊《ひょうはく》の民、か）

――故郷も家族も、存在の証《あかし》である名前すらも与えられず。

昔のように芸や技を売りながら各地を放浪することはもうないにしても、いまだに彼らは社会の常識や枠組《わくぐ》みの外に生きる人間たちなのだ。

そうして目の前にいる男は紛《まぎ》れもなく、かつて定住する地を持たずにさまよった漂泊の民の、見事なまでに完成された――あるいは究極なまでに歪《ゆが》められた姿だった。

「……やっぱインスタントコーヒーはあかんな。俺、茶ぁいれなおしてくるわ」

聖はすいとソファから立ち上がった。ひどく気難しい顔をしている。

「おまえ、今日夕飯食うてくやろ。たいしたもんあらへんからパーティは無理やけど、ユミちゃんが買《こ》うてきてくれたケーキがあるしな」

「いえ、僕は」

「遠慮《えんりょ》すなて。世話になっとるのはこっちや」

高良はちらと腕時計を見た。

「……すみません。ではお言葉に甘えさせてもらいます。まだこの先のことをいろいろ、あなた方と話し合わなければなりませんし」

うんとうなずいて、空《から》になったコーヒーカップを手に聖がキッチンへと足を向けようとした時。思いついたように高良は言葉を続けた。

「ああ、言い忘れたことがあります」

「なんや？」

「ヒルコはご存知ですよね」

唐突《とうとつ》な質問に、一瞬、他の二人の反応に間《ま》があいた。

「——蛭子神《ひるこのかみ》か」

応じたのは弓生だ。

「はい。イザナギ、イザナミの子として生まれながら、完成形ではなかったために葦船《あしぶね》に乗せられて海に捨てられてしまった神です」

「それが」

「『日本書紀』によれば、蛭子神はイザナギとイザナミが『天下之主者《あめのしたのきみたるもの》』として生んだ三貴子《みはしらのうずのみこ》のうちの一柱《ひとはしら》でした。にも拘《かか》わらず、足腰の立たない姿で生まれたというだけで闇と穢《けが》れを負う者として神の系列から外され、流された。その時に一緒に生まれたのは天照大神《あまてらすおおみかみ》と月読命《つくよみのみこと》。天空を照らす二つの光です」

「――」

「神々は知っていたんです。光を、光たるべく輝かせるには闇の存在が不可欠だと。それゆえに国生《くにう》みの最初に神は闇を生まなければならなかった。――そういうわけで、皇室の祖が光の象徴たる天照大神ならば、今もその血筋を影の部分で支えている無外《むがい》の人間は」

高良は淡々と言った。

「別名、ヒルコの裔《すえ》とも呼ばれています」

2

「……ったく、なんで俺がこんなことしなきゃなんねえんだ」

夕暮れ時。マンションのエントランス手前で、三吾《さんご》は二人の鬼と知り合ってから何十回目かになるぼやき文句を呟《つぶや》いた。スペアキーを手に握り込んで、弓生と聖の部屋を見上げる。

窓に明かりは灯《とも》っておらず、室内は真っ暗だ。当然のことであるが。

しかしその寒々とした風景に、三吾は我知らず顔をしかめていた。

重い足取りでエントランスを抜け、エレベーターに乗り込む。上の階へ到着するまでの短い間に吐息をひとつ、二人の部屋のドアの前で足をとめて、またひとつ息をついた。

ずっと握り締めていたにも拘わらず、手の中のキーの感触が冷たい。

――弓生が彼に連絡をいれてきた理由としては、三吾がこの部屋の予備の鍵《かぎ》を持っていたことと、気軽に面倒ごとを押しつける相手が他にいなかった、という点に尽きるだろう。

(さりげなく態度がでけえんだよな)

いつでもそうだった。もっとも「さりげなく」に限定されるのは弓生であって、聖のほうは常日頃《つねひごろ》から三吾に対しては遠慮《えんりょ》も容赦《ようしゃ》もないのだが。

それでも。――彼らは思い出したのだ。こんな事態になって、これまで自分たちを守っていたはずの人間たちからさえ逃げなければならなくなって、それでも。プレゼントという「想い」を送ろうとしていた相手と、それを自分たちに代わって託《たく》すべき相手とを。

「らしすぎて、泣けてくるぜ」

ドアのロックを外して、三吾は唇を噛《か》んだ。

ふいに、たまらなく苦いものが胸にこみあげてきた。

弓生からの留守録を聞いたあと、怒りがさめて冷静になってみれば、彼は心のどこかで安堵《あんど》している自分に気づいたのだ。

メッセージの内容が、たかがクリスマスプレゼントを佐穂子《さほこ》や成樹《なるき》に渡してもらいたいという、ごく他愛《たわい》ないものであったことに。

救いの手を求めるものではなかったことに、だ。

弓生や聖に助けてくれと言われれば、それを断ることなど絶対に三吾にはできない。友人としてあの二人を救いたいと、本心から思う。――だがそれは、使役《しえき》を抹殺《まっさつ》するという御景《みかげ》の方針に反することになる。眞巳《まさみ》に背《そむ》くことになる。

二人の身を案じ、なんとかしなければと火のように焦《あせ》る一方で、そっと胸をなで下ろしている自分が確かにいた。そう気づいた瞬間、御景という名にすでに縛《しば》られている自分自身を知った。

「畜生」

――きっと、いつかこんな日がくるのではないかと。

家を継ぐと決意した時から。

御景である自分と、『本家』の使役鬼《き》。一番恐れていたのは、あの二人との関係がこんなふうになってしまうことだった。

ドアのロックを外し、中にあがり込む。照明はつけなかった。人目を避けてこの時間にやって来たのだ。部屋に明かりを灯《とも》せば、誰が見ていないともかぎらない。

手探りで居間に入り、まずはベランダに続く窓まで行ってそっとカーテンをひくと、街の灯火が淡く室内に漏《も》れ込んだ。

　暗がりに目が慣れるのを待って、三吾は部屋の隅《すみ》にあるクリスマスツリーのそばに膝《ひざ》をついた。きれいに包装されたプレゼントが三つ、ツリーの根元に置いてある。そのうちのひとつには覚えがあった。聖が、弓生のために買ったマフラーだ。残りの二つを肩にかけていたバッグに押し込み、だが三吾は床に座ったままの格好で部屋の天井を見上げた。

　無意識にタバコをくわえて火をつけていた。

（前にもこんなことがあったな）

　一人で、こうして真っ暗なこの部屋に座っていたことが。

　あれは蘆屋道満《あしやどうまん》との戦いで聖が倒れ、弓生がすべてを捨てて法師山《ほうしやま》へと向かった時。二度とあの二人はここへは戻らないのだと思った。

　どれくらい、そのままぼんやりとしていたのか。

　タバコの灰がふわりと崩《くず》れて床に落ちた。また聖に怒られるな、ととっさに思ってから、三吾は苦い笑いを浮かべる。ようやく立ち上がり、テーブルの上の灰皿にタバコをこすりつけた。

「……行くか」

　ぽつりと呟《つぶや》いた。

　どのみち弓生と聖の行方《ゆくえ》は知れない。どこにいるのかもわからないのでは、連絡のつけようもない。今さらだが弓生の携帯電話の番号さえ聞いていなかったのだ。

(番号……?)

三吾は顔をあげた。

その瞬間、天啓《てんけい》のようにある考えが頭に閃《ひらめ》いた。

(電話だ)

聖のことだ、弓生の携帯に連絡をいれる時には、わざわざ番号をプッシュする手間を省《はぶ》いて短縮ダイヤルをセットしているに違いない。

(なら、番号がわからなくても問題はねえはずだ)

ここから弓生と連絡をとることができる。

すぐさま居間の電話に駆け寄って受話器を摑《つか》みあげ、短縮のボタンを押そうとして。

しかし、三吾はその指を握り込んだ。

(何を……)

電話が必ずつながるとはかぎらない。だが、仮につながったとして、一体あの二人に何を言うつもりだ?

今どこでどうしているのかと。友人として力を貸したいのだと。

以前なら迷いもなく言えたはずのその言葉を、もう口にすることができなくなっている。

『本家』という家に縛《しば》られて生きている多くの者たち。その生き方を哀しいと思った。自分はけしてそうはならないのだと、信じていた。だが。

(案ずるな)

(おまえは見ているだけでいい)

御景のために手を汚《よご》さねばならないのなら、それは自分の役目だと眞巳は言った。三吾に課せられているはずの重荷を、彼に代わって兄は当然のように背負おうとする。

三吾がどうふるまおうと、それは常にどこかで眞巳の犠牲の上になりたっている。そんなことはわかっていた。わかっていると思っていた。なのに、こうして目の前につきつけられてみれば、その事実はひどく耐え難《がた》かった。

(傲慢《ごうまん》だよ。彼女も——君も)

いつか聞いた達彦《たつひこ》の言葉が、錐《きり》のように胸を刺す。

受話器を耳に押し当てたまま、それを握りしめた指が、震えた。

「……なあ、おまえら。無事か？」

つながっていない電話のむこうに、三吾は呟《つぶや》いた。

普段の他愛《たわい》ない会話の続きみたいに、声を明るくした。

「とんでもねえことになっちまったな。俺もなんとかしてやりてぇんだが、今はどうしようもねえわけよ。なにしろ御景が」

心が金切《かなき》り声《ごえ》をあげている。

——あいつらを見捨てるのか。おまえが伝えたいのは、本当にそんなことなのか。

「御景が、おまえらの敵に回るってよ。中央の連中と一緒になって、おまえらを追うことに決めたそうだ。となると俺も立場上、おまえらを助けちゃやれねえ。わかるだろ？」

ツーという無機質な音がうつろに耳に響く。

「俺は、おまえらを、守れねぇんだ」

大笑いだ。家を継ぐということがどういうことなのか、こんな事態になって思い知らされた。達彦どころか、佐穂子だっておそらくとうの昔に自覚していたはずの、ことを。

「俺は」

——あいつらを見殺しにするのか。

「くそっ」

三吾は呻《うめ》くと、叩きつけるように短縮のボタンを押した。

ディスプレイに光が点《とも》る。表示された番号を、とっさに横にあったペンを引《ひ》っ摑《つか》んでメモに殴《なぐ》り書いた。

目眩《めまい》をこらえ、そのまま電話を切ってしまいたい衝動に耐える。何かを決めたわけではない。何も選べず、捨てることもできぬまま、灼《や》きつきそうな頭の中で電話の呼び出し音だけが奇妙に冷ややかに鳴り響いた。

トゥルルル、トゥルルルル……。

相手に出てほしいのか、出てほしくないのか、そんなこともうわからない。ただわかっているのは、もしも今、弓生か聖の声を聞いたら自分はきっと――きっと、矢もたてもたまらずに彼らのもとへ駆けつけてしまうだろうということだけだった。

トゥルルル、と呼び出し音はいつまでも鳴り続ける。鳴っているということは、携帯の電源は入っているということだ。では、弓生はそばにいないのか。それとも……。

ふいに。

ぷつり、と断ち切るようにその音が消えた。

(切れた……?)

いや。相手が電源を切ったのだ。

「――」

三吾はゆっくりと受話器を耳から離す。

そのまま無言で、暗い部屋の中に、立ち尽くした。

胸ポケットにいれた携帯電話が鳴っていた。

弓生はちらとキッチンのほうをうかがった。ちょうどいつもより早めの夕食が終わったところで、聖はキッチンに続く調理場で洗い物をしがてら、そこに置いてある洗剤の買い置きやら棚《たな》の物品の確認をしているらしい。呼びつけられた高良が、その傍《かたわ》らでのんびりと答えている声が聞こえる。

携帯を取り出し、かけてきた相手の番号を確認して、弓生はあるかなしかの苦笑を浮かべた。

番号は自分たちのマンションの電話のものだ。

（……行ったのか）

留守録をいれたのは昨日のこと。ああ見えて律義《りちぎ》に義理堅い人間であるから、クリスマスプレゼントと聞いて、急いで彼らのマンションに出向いたのだろう。クリスマスのうちに佐穂子や成樹にそれを届けるのは無理としても。

（三吾）

携帯の音源は最小限に落としてあったが、コロコロとまるでせっつくような響きで鳴り続けた。自分の呼吸とともに、弓生はゆっくりとその音を数えた。時おり指がすべるようにボタンの上をさまよう。

——なぜ、電話をかけてきた？

鹿島で何があったかは、もう聞いているはずだ。

（聞いたから、か）

ふたたび口元に滲《にじ》んだ苦笑をすぐに消し、弓生は表情を冷ややかに硬くした。

なぜ、というならば、なぜ自分はあの男の電話にメッセージなど吹き込んだのだろう。聖に頼まれたからというのは、もちろんある。だが今、『本家』の人間と連絡をとることの危険を考えれば、無視することだってできたのだ。

中央からの使役鬼追討《しえききついとう》の依頼を神島《かみしま》が一蹴《いっしゅう》したことは、食事の間に高良から聞いている。だからといって保護を求めてのこのこと出ていけるほど、『本家』は甘くはない。ことに相手が神島達彦である場合、それほどあからさまに中央を拒絶《きょぜつ》したこと自体が奇妙なのであり、逆に剣呑《けんのん》な思惑《おもわく》を感じさせた。

だからこそなぜ、三吾に電話をかけてしまったのかと思う。

――彼が、こうして自分たちと連絡をとろうとするのが、わかっていて。そのことで、三吾を苦境に立たせることになる可能性すら考えていながら。

もしかしたら。

信じたかったのかもしれない。

まだ何か、自分たちには残されたものがあるということを。

携帯はまだ鳴っている。

切ってくれ、と弓生は祈るように思った。

――頼む、電話を切ってくれ。あきらめて切ってくれ。そうでないと……。

指が、動きかけた。

その時すっと横あいから伸びた手が、弓生の手の中の携帯電話を取り上げ、ためらいもせず電源を切った。

とたん、空間から何かが抜け落ちたように、音が消えて静寂《せいじゃく》が訪れる。

弓生は顔をあげた。相手も見事に気配を殺していたが、それにしても他人がそばに立って気づかないほど周囲への注意が疎《おろそ》かになっていたのか。

いつの間にか、ソファに座る彼の斜め後ろからのぞき込むように、高良が立っていた。やはりのんびりと、何事でもない口振りで言う。

「携帯《たんち》は切っとかないとダメですよ、志島さん。気をつけないと、電波の経由地《けいゆち》から居場所を探知される可能性だってありますし」

「――」

「これは僕のほうで処分しておきますね」

高良は当然の顔で片手に持っていた電話機を自分の上着のポケットにしまったが、弓生は何も言わなかった。

「それで代わりと言ってはなんですが」

あらためて弓生の正面に腰を下ろすと、高良は来た時のまま椅子《いす》の背に投げ出してあったダッフルコートをさぐって別の機種を取り出した。

「こちらを使ってください。僕としてもいざという時にあなた方と連絡が取れないのは不都合です。名義《めいぎ》が違いますから、これならあなたが自分から『本家』の誰かに電話をかけないかぎり追跡されるおそれはありません」

つまり、相手が誰であろうと『本家』の人間にはけして連絡をいれるなということだ。

高良が差し出した真新しい携帯電話を、無言のまま弓生は受け取った。手に馴染《なじ》みのない感触を確かめながら、この男は先の自分の様子から何を気取《けど》っただろうと、ちらと思う。だがすぐに、そんなことはもうどうでもいいような気がした。

続いて高良は、分厚《ぶあつ》い茶色の封筒をテーブルに置いて、弓生のほうに押し出した。

「これは？」

「当座の生活費です。この先、どんなことにお金が必要になるかわかりませんから。今お持ちのカード類は、できれば使わないでください」

中をあらためるまでもなく、封筒の中には相当額の金が入っていることが知れた。

「……まだ助けてもらった礼を言っていなかったな」

封筒から目の前の相手に、弓生は硬い視線を移した。

高良は肩をすくめる。

「必要ありません」

互いの関係が信頼や好意で結ばれたものではないことを、確認し合うような会話だ。

（たいした違いはない）

視線を逸《そ》らせ、弓生はそう考える。

もともと自分たちは『本家』の金で養《やしな》われていた身だ。

——単に、その相手がかわったというだけのことなのだ。


ほどなく聖が茶器と切り分けたケーキをキッチンから運んできて、うわべだけは和《なご》やかに会話が続けられた。


もっとも話題自体は、たいして和やかな内容でもない。いや、ないはずなのだが。

「それで、夜刀《やと》はどんな具合ですか。その、たとえば身体の中に異物《いぶつ》感があるとか、意識が時々すり替わるとか、食べ物の嗜好《しこう》が変わるとか……。すみません、どうも取り憑《つ》かれるという状態がよくわからないので、想像で言うしかないんですけど」


ケーキの上にのった砂糖菓子のサンタクロースを持て余しながら、高良は尋ねた。聖としては客人に敬意を表《ひょう》して一番飾りの多いケーキの皿を彼の前に置いたのだが、普通そういうものを喜ぶのは小学生までである。


聖はというと、クリームとスポンジを幸せそうに頬張《ほおば》ってから、うーんと首を傾《かし》げた。

「そやなぁ。食いもんの好みはちょっと変わったかもしれへんな」

「どんなふうにですか？」

「夜刀がな、夢の中で俺の枕元に立って言うんや。横浜中華街《ちゅうかがい》の特大肉マンが食いたいー、食いたいーて。そしたら俺も、なんやこう、肉マンが無性《むしょう》に食いとうて」

って、
聖はすました顔で大きくうなずいた。あっという間に平らげたケーキの皿をわきに押しや

「……………夜刀が」


「夜刀は横浜中華街の肉マンが好きなんや」

「そのへんのコンビニのじゃダメですか？」

「夜刀はコンビニの肉マンは嫌いなんや」

高良はたっぷりと間《ま》をとって聖を見つめてから、なんとなく力のぬけた声で呟《つぶや》いた。

「……今度来る時に、お土産《みやげ》に買ってきます」

古《いにしえ》の禍津神《まがつかみ》が中華街やコンビニの存在を知っているかどうかは、甚《はなは》だ疑問である。

「あとは別に、あれ以来声もせえへんし。おるんかおらんのか気配もあらへんしな。けどやっぱ、身体の中に長いもんがおると思うと、落ち着かんわ」

「ええ。何がきっかけで夜刀の意識が表に出てくるかわかりません。戸倉さんにそれがコントロールできないとなると、祓《はら》うか何かの手段を早急に講じるべきだと思います」

「腹の中におるんやったら、虫くだし飲んだら効かんやろか？」

聖は大真面目《おおまじめ》だ。

それに対してもしばし黙り込んでから、

「効いたら効いたでものすごくイヤなものがありますね」

ごく慎《つつ》ましく高良はコメントした。

「まあ、一応神さんやしな。トイレで祟《たた》られでもしたら難儀《なんぎ》や」

やめといたほうがええやろ、と聖はため息をつく。

「――仮に夜刀を祓《はら》い落とすとしたら、何か手だてはあるのか？」

と、弓生のひんやりとした声が不毛《ふもう》な会話に割って入った。

ケーキには手をつけず、それまで沈黙を保っていた鬼の片割れを一瞥《いちべつ》し、高良は口調を少しあらためた。

「そうですね。僕個人としてはそういう術の使い手に面識はありませんが、無外《むがい》には憑《つ》き物《もの》を落とす専門の術師もいると思います。中央や『本家』に気づかれる前にそちらに話を通せれば、それが一番いいでしょう」

「それで、祓ったあと夜刀はどないなるんやろ？」

いささか気がかり、というふうに聖は鼻にしわをよせる。

「当然そのまま消すか封じることになります。幸い、箭括《やはず》氏の呪法《じゅほう》が残っていますし、夜刀が太刀《たち》に弱いことはわかっていますから」

「なあ、そんな悪い神さんやないて思うんやけど」

ため息をつく聖を見て、高良は首を傾《かし》げた。

「人間を殺す神ですよ。悪神です。だからこそ、一度は封じられたんじゃないですか」

「アホ、神さんちゅうのはもともと祟るもんなんや。せやさかい神社つくって、祟らんでくれてお奉《まつ》りするんやないか。夜刀かてちゃんと祀《まつ》ったったらええねん。神さんが人間殺すのは悪うて、人間が神さん殺すのはかまへんて、えらい不公平とちゃうか？　俺は夜刀神社の再建に一票いれるで」

　高良は疑わしげにまじまじと聖を見つめた。

「戸倉さん、一応確認しときますけど。夜刀に意思を乗っ取られてしゃべってるわけじゃないですよね？」

「夜刀が関西弁しゃべるかいっ、ボケっ！」

「――無駄だ、聖。おまえの言っていることはこの男の理解の範疇《はんちゅう》ではない。皇室の側の人間にとって、かつて朝廷に逆らった相手ならたとえ神であっても抹殺《まっさつ》すべき反逆者でしかないからな」

　弓生が素《そ》っ気《け》なく言う。

「申し訳ありませんが、その通りです。もっとも祓ったあとに夜刀がどうなるかというのは、今のところ僕にはどうでもいいことですので、神社を建てるのはべつに反対しません」

　自分にむけられた言葉の刺《とげ》など知らぬげに、高良はつらっと応じた。

「問題は、夜刀を祓ったところであなた方の今の状況にあまり変化はないということです。中央は鬼そのものを完全に敵視していますからね。こうなって彼らが自分たちの考えをあらためることは、もうないでしょう。ここにいるかぎりは、あなた方の身の安全は保障されますので、時期がくるまではもうしばらく隠れていてください」

「時期とは？」

「あの柿色《かき》の鬼がどう関わってくるかです。僕にはまだ、あなた方とあの鬼の接点が見えないものですから」

弓生はしばし考え込んだ。

「――さっき、あの柿色の異形《いぎょう》が動き出すためには、我々の助けが必要だと言っていたな」

「はい」

「逆を言えば、何かの要因が欠けているがためにあの鬼は羅睺《らごう》に対してまだ動けないということだ。それが何かはわかっているのか？」

星見《ほしみ》の術者は一瞬、目の前にいる二人の鬼から視線を逸《そ》らせた。躊躇《ちゅうちょ》か困惑か、おそらくこの男が見せる数少ない感情表現である。

ややあって、呟《つぶや》くように言った。

「剣です」

「神剣、師御霊剣《ふつのみたまのつるぎ》か」

「それは――」

なぜそんなことがわかるのかと言いかけた相手を、弓生はさえぎった。

「鹿島神宮《じんぐう》であの鬼に会った。宝物館《ほうもつかん》に奉納《ほうのう》された剣を見ている時にだ」

「会った、というのは？」

「声を聞いた。――剣を取り戻さねばならない、と」

そう、言ったのだ。あの柿色の衣《ころも》をまとった異形は。

何の意味なのかとずっと考えていた。だが高良の言うことが事実なら、あの鬼が他者の助力を必要としているのなら、その言葉こそが自分たちに与えられた指針なのではないかと、弓生は思う。

「……剣を取り戻す？」

高良はおぼつかない口調で繰り返した。

「確かに、必要な要因は木気《もっき》の剣でした。とすれば木気を象徴する鹿島に縁《ゆかり》ある韴御霊剣のことだと考えて、まず間違いないでしょう。でも、取り戻すとはどういう意味なんですか？」

「鹿島にある韴御霊剣は模造品《もぞうひん》だ」

弓生は口元を歪《ゆが》めた。

「本物は奈良の石上神宮《いそのかみじんぐう》に保管されている。うがった見方をすれば、剣は本来、鹿島にあるべきものじゃないのか」

「……つまり、あの鬼は本物の韴御霊剣が鹿島に奉納《ほうのう》されることを望んでいると？」

高良は小さく息を呑《の》んだ。

「一体、何のために」

「そこまではわからんな。何が目的なのかは」

弓生は冷ややかに言った。

「だが普通の手段では、剣を鹿島に移すのはまず不可能だ」

ええ、と高良は幾度もうなずいた。

「無理です。それは確かに韴御霊剣は武甕槌命《たけみかづちのみこと》の剣ですが。言い伝えの通りならいったんは神武《じんむ》天皇に下賜《かし》されて、物部《もののべ》の神庫《じんこ》に預けられたものです。石上神宮の神体《しんたい》ですし、当然ながら門外不出《もんがいふしゅつ》の品ですよ。それを今さら他の土地に持っていくというのでは、大騒ぎになってしまいます。なにしろ神様をよそに移せと言っているのと同じことですから」

「それだけではあるまい」

「はあ？」

弓生の声が冷笑を含んだ。

「その程度のことで剣を鹿島に移せないというのであれば、あの鬼が我々に関わってくる必要はないだろう。ましてや我々の助けがいるなどとはな。何か他に、韴御霊剣を石上から絶対に出すことができない理由があるはずだ」

「――なあ。ちょっとわからんのやけど」

ふいっと聖が身を乗り出して、不思議そうな顔をした。

「石上神宮に本物があるんやったら、なんでわざわざ鹿島神宮はニセもんの剣をつくったんやろ」

「ああ、ええとですね。それは……鹿島に剣が奉納《ほうのう》された時には、本物の韴御霊剣は実在していないことになっていたんですよ」

怪訝《けげん》に弓生を凝視《ぎょうし》していた高良だったが、聖に視線を振り向けた時にはすでにいつもの笑顔になっていた。

「なんやそれ」

「韴御霊剣はただの伝説だったんです。一説によれば、神武天皇が武甕槌命から授かった剣を地に埋め、その土地を物部氏に管理させたのが石上神宮の発祥《はっしょう》となったと言われています。つまり神代《かみよ》からのその伝説に基づいて、石上神宮は韴御霊剣を祭神《さいじん》として祀《まつ》っていたところが明治になって、神宮の敷地から剣が本当に出てきたんです」

明治七年。まさに言い伝えの通り、石上神宮の境内《けいだい》にある禁足地《きんそくち》から、数多くの勾玉《まがたま》や鏡とともに神剣が発掘されたのだ。

「最初の天皇さんの時代からそこに埋まっとったんかいな」

そらすごいな、と聖は素直に感心する。

「残念ながら違うな。剣がその場所に埋められたのは、どう古く見積もっても平安期以降だ」

先ほどまでと寸分違《すんぶんたが》わぬ冷淡な口振りで、弓生は断言した。

高良は束《つか》の間《ま》黙り込む。ため息をついて言った。

「あなた方が歴史の生き証人だということを忘れていました」

それからまた、うなずいた。

「ええ、その通りです。剣と一緒に掘り出された鏡は、測定によると平安時代につくられたものだったんです」

もし伝説通りに神武の時代に埋奉《まいほう》されたものなら、そんなものが神剣と一緒に埋まっているわけがない。

「鹿島神宮の剣が鍛造《たんぞう》されたのは、記録を信じるならば八世紀。都が平安京に移る前のことだ。——奇妙だとは思わないのか」

「何がです？」

「石上で剣が埋められたのが平安時代よりあとだとすれば、鹿島に今の神剣が奉納《ほうのう》された八世紀には、大和《やまと》にれっきとした本物が実在していたことになる。伝説の韴御霊剣などではなく、石上神宮の祭神《さいじん》、経津主神《ふつぬしのかみ》としてだ。当時の鹿島は朝廷での勢力を強めつつあった中《なか》臣《とみ》氏の直轄《ちょっかつ》だった。大和との関係もかなり密接だったはずだ。その上で、本家本元に無断で、神の名を持つ剣をもう一振《ひとふ》り造るなどというだいそれた所業《しょぎょう》を行えるわけがない」

高良はぎょっとしたようだった。

「……鹿島と石上神宮が、合意のもとでそれを行ったと言うんですか」

「一方で石上神宮のほうは、わざわざ祭神である剣を伝説の通りに埋め、所在《しょざい》不明としている。隠した、と言ったほうがいいかもしれんな。おそらくその時点で、石上に残されていた韴御霊剣に関するそれ以前の記録はすべて抹消《まっしょう》されたのだろう。だがなぜ、そんなことをする必要がある」

なるほど、と間《ま》をおいて高良は呟《つぶや》いた。

「鹿島には別の一振りが奉《ほう》じられ、さらに後世になって石上神宮の本物の剣のほうは伝説の陰に隠蔽《いんぺい》された。つまり神の形代《かたしろ》は鹿島に、御霊《みたま》はそのまま大和にとどまった。両者合意の上で行われたこととすれば、そうまでして韴御霊剣をもとの持ち主である武甕槌命に戻すことができない理由があったということですか。——どうやら、宮内にもう少し探りをいれてみるべきでしょうね。うまくすればあの鬼が神剣を欲しがる理由がわかるかもしれない」

時の朝廷は何かを、恐れたのだ。神である剣をもう一度、伝説の通りに地中に埋め戻さねばならなかったほど。

今は鹿島に鎮座《ちんざ》まします国土平定《へいてい》の神の手に、同じく平国 剣《ことむけのつるぎ》の別名を持つ神剣が握られた時に起こりうる、何かを。

——そして、その結果こそを、あの柿《かき》色の異形《いぎょう》が望んでいるのだとしたら。

（中央には敵にしかならぬ者、反逆者の気を持つ力、か）

どこかさめた気分で、弓生は考える。

人にとっては危険な存在だという高良の言葉も、こうなれば信憑《しんぴょう》性があるというものだ。

「それで、あなた方はどうされるつもりですか」

目の前にいる二人の鬼を交互に見て、ことさらのんびりした口調で高良は尋ねた。

「どう、とは」

「この先あの鬼の望みどおりに力を貸して蒒御霊剣を取り戻す意志があるのかどうか、ということですが」

「今のところ相手にそこまでしてやる義理はない。異形《いぎょう》だというだけで同類に括《くく》られては迷惑だ。——問題は、中央がどうするかじゃないのか」

弓生は小さく鼻を鳴らす。

「はあ」

「凶星《きょうせい》の出現を防ぎとめるためには敵対する相手の力が必要だ。だがその力を喚起《かんき》するためには神剣を鹿島に運ばねばならず、しかもその結果としてどんな災厄《さいやく》が起こるかはわからない。中央としては決断に困るところだろう」

「うーん、言われてみればその通りですねえ」

べつに深刻なふうもなく、高良は笑った。

「そのへんのところを僕がちゃんと予見できればいいんでしょうけど、これがなかなか。……まあ、年内に大きな動きがないことだけは請《う》け合《あ》いますよ。これから年末年始にかけて、全国各地で神事《しんじ》が重なりますから、その間だけはさすがに羅睺《らごう》の力も地上に影響が及びにくくなる。あなた方も、多少不便でしょうけど、休暇をとったつもりでここで骨休めしてください」

「ちゅうことは俺ら、正月もここで過ごすんかい」

聖はげっそりと、いかにも消沈《しょうちん》した顔で頭を抱えた。

「あああ、年越しそばとおせち料理と餅《もち》とお屠蘇《とそ》と初詣《はつもうで》と門松《かどまつ》はどないしたらええんやあぁ――」

「……」

自分たちのおかれた状況だとか、これまでのことやこの先のこととか、ましてやこの国の行く末に待ち受けているであろう苦難などはもちろんどうでもよく。

クリスマスという楽しいお祭りを泣く泣くあきらめた聖の、目下《もっか》最大の気がかりは、正月をどうやったら人並みに過ごすことができるか、であった。

3

その夜。――真夜中である。

滞在中の仮寝床《かりねどこ》にきめた一部屋の、簡素なパイプベッドの上で弓生は目を開けた。時刻を確かめれば、寝ついてまだ間《ま》もない。

ため息をつき、起き上がると部屋を出た。ひやりと暗い廊下《ろうか》から、玄関へ。ドアノブに手をかければ、案《あん》の定《じょう》、鍵《かぎ》が開いている。

顔をしかめて、弓生は外に出た。

「――聖」

月冴《つきさ》えの夜。大気はキンと、触れる肌に痛いほど静かに冷えている。その氷のような静《せい》寂《じゃく》を、いっそう研《と》ぐかのごとくしらしらと、銀の月光がそぼ降っていた。

「あれ、ユミちゃん、起こしてもうた？　玄関の戸、音たてんように閉めたんやけどな」

そこに一人ぽつねんと佇《たたず》んでいた聖が、振り返って弓生に笑いかけた。着ているものはこの建物の備品と一緒に用意してあった薄い寝間着《ねまき》一枚、それに素足にスニーカーをつっかけただけの姿で、この鬼はそれまで空を見上げていたのだ。

「どうしたんだ」

「お月さん見とったんや。ユミちゃんも見てみい。きれいな満月やで」

「月見をしゃれ込む時期でも格好でもないようだが」

こうして立っていても、足もとから沁《し》みるように冷気が這《は》いのぼってくる。だが聖は寒さなどいっかなこたえぬように、けろりと言った。

「そらそやな。よっしゃ、ここはいっちょ、熱燗《あつかん》でも用意して――」

「ついでにそういう時刻でもない」

にべもなく言って、弓生は相棒の傍《かたわ》らに立った。

「何を考えていた？」

聖は目を瞬《またた》かせる。それから真顔になると、ふいっと視線をまた空に投げ上げた。

そのままで、ぽつりと言う。

「夕方の電話。三吾やろ？」

何も知らぬふりをして、弓生の携帯が鳴ったことにはちゃんと気づいていた。おそらく、彼の迷いにも気づいていたのだろう。

「……ああ」

そか、と聖は呟《つぶや》く。それきり、口を閉ざした。

ほんの一瞬だけ、月明かりに浮かぶその顔が、唇を引き結んで泣きたいのをこらえる子供のように見えた。

弓生は無言で、その横顔から天空の月へ、視線を逸《そ》らせる。

「なあ、ユミちゃん。俺、久しぶりに昔のこと思い出したわ。ほんまに久しぶりや。あの時……夜刀に意識のっとられて、襲ってきた術者ら殺してしもた時な」

ややあって、やはり視線を空に据《す》えたまま、聖はまた口を開いた。

ほんのいっとき前の、危うげに幼い表情はすでに消えている。見上げる冬の月と同じほど、研《と》ぎ澄まして静かなものが、その声にあった。

「昔のこと？」

「俺が女を喰らって鬼になった時のことや」

ゆるり、と弓生はふたたびその横顔に目をやった。

「おかしなもんや。俺、あの女の顔も覚えてへん。どんなこと言われたんかも忘れてしもた。惚《ほ》れて惚れて、殺すほど惚れた女やのになあ」

「――聖」

「気ぃついたら俺、血の海の中に立っとった。食いちぎった女の首、両手で抱えとった。ちょうど雨降って、神鳴《かみな》りさんがぱあっと光ったんや。それで俺、真っ赤やなて思うた。手も顔も、着てるもんも、そこいらじゅう、真っ赤やったんや」

「――」

ひどく淡々と、聖は言葉を紡《つむ》ぎ出す。

「喰っとる間は無我夢中やった。それからどうやって逃げたんか、何やっとったんか、自分でもようわからん。けど、いつも……いつもな」

「やめろ」

「声が聞こえとった。俺の中で、誰かがずうっと言うとるんや。バケモンやて。おまえは人を食い殺したバケモンやて」

「もういい、聖」

とっさに弓生は手を伸ばしていた。聖の腕を力をこめて摑《つか》んだ。

聖の瞳がふっと見開かれる。ようやく、首を巡らせて傍《かたわ》らの弓生を見た。

そして、笑う。

「昔の話やで、ユミちゃん」

「……」

狼狽《ろうばい》した自分に気づいて弓生は唇を嚙《か》んだ。

そんなことは忘れろと言いかけて。思い出していたのは鹿島で見た惨劇《さんげき》の光景だった。

(あんなふうに)

――では、あんなふうに。女を殺してから我に返った時にも、傷ついた悲鳴をあげたのだろう。自分の所業《しょぎょう》を悟って呆然《ぼうぜん》と、血に染まって立ち尽くしていたのだろう。

自分をバケモノと罵《ののし》る心の声を聞きながら。

「さぁて、そろそろ冷えてきたし、中にはいろか」

朗《ほが》らかに言って、聖はくるんと踵《きびす》を返す。

「聖」

「あ、そや。なんやへんな時間に起きて、腹へってしもた。ユミちゃん、夜食に茶漬《ちゃづ》けでも食わへん？」

「……おまえは、寝る前にあれだけケーキを食っておいて、まだ足りないのか？」

つい呆《あき》れた声を出してしまったのは、弓生と高良に一切れずつ出したクリスマスケーキの残り全部を、聖がたいらげたのを見ていたからだ。その時にはあまりにこの相棒が幸せそうにがっついているので、止めるタイミングを逸《いっ》してしまったのだが。

「俺だけとちゃうて。半分は夜刀が食うたんや」

聖はすましたものだが、わざわざこの鬼に取り憑《つ》いた非《ひ》はさっぴいても、夜刀神《やとのかみ》としてはおおいに異議申し立てを行いたいところだろう。

「ええやん。おジャコと大根の葉っぱ刻んだんを炒《いた》めて、ふりかけつくってみたんや。茶漬けにしたら案外うまいで。ぎょうさんあるし、高良にも持たせたったらよかったわ」

玄関の戸を閉めたところで、弓生は足をとめた。怪訝《けげん》に顔をしかめる。

「常々《つねづね》おまえに聞きたいと思っていたんだが」

「なんや」

「あの男のどこがそんなに気に入ったんだ」

とっとと調理場に足を運びかけていた聖は、きょとんと振り返った。

「なんや、高良のことか？」

「おまえがなつくべき相手でも、ヘタをすれば手に負える相手でもないぞ」

いつも不思議なのは、あの術者に対して聖があまりに無防備だということだ。ほとんどの場合それは相手が心を許せる味方であるか、少なくとも信頼してかまわない者であることを示している。

だが、今回ばかりは違う。

高良が彼らに関わっているのは、あくまでも自分の目的のためなのだ。好意などというものは介在《かいざい》しない。本人がそう、口に出して言ったとおり。

眉《まゆ》をひそめた弓生に、聖はひらひらと手を打ち振って見せた。

「そんなやないて。ちょっとあいつ、放っておけん気がするだけや」

「放っておけない？」

「初めにあいつと会《お》うた時な、けったいな奴やて思うた。人間てほんまに楽しかったり嬉《うれ》しかったりしたら、ちゃんと笑うもんや。あいつ、あんな顔してしょっちゅうニコニコしとるから、そういう奴やてみんな安心してしまうんやな。けどあいつな、最初っからいっぺんも笑ってへんで」

「……けど、今日あいつの話聞いて、ちょっとわかった気ぃするわ」

「──」

「心底《しんそこ》楽しいことも嬉《うれ》しいこともあいつにはないんやろ。なんでやろて思うとった。……けど、今日あいつの話聞いて、ちょっとわかった気ぃするわ」

「何がだ」

「高良にはなんもないねん。俺らは鬼やけど、もともと他の誰かからもろた名前があって、それをちゃんと呼んでくれて、俺らは俺らでええて言うてくれた人がおった。鬼やら人間やら関係のうて俺らのこと好きやて言うてくれる人がおったんや。せやから、俺らは幸せや。けど高良には、そういうこと言うてくれる奴はそばに誰もおらんのとちゃうやろか」

皇室のためとあの男は言いきった。

そのためにのみ生まれ、生きてきた。そういう人間はおそらく、何にも執着することはない。他者に対する善意や悪意さえも存在しないだろう。

だが。

(僕は運命という言葉は嫌いです)

そそくさと夜食の支度《したく》にとりかかった相棒を眺めながら、ふと弓生は、いつか高良が口にしたそんなセリフを思い出す。

(たとえ神や仏であったとしても、少なくとも僕の生き方をこんなふうに決める権利はなかったんです)

それがあの術者の、何を思っての言葉だったかは、わからなかった。

四章　風花《かざはな》の時

1

この年最後の土曜日ということもあってか、新宿《しんじゅく》はいつもに増して人と車であふれ返っていた。

街はすでに正月にむけて、その装《よそお》いを一新していた。毎年のことながら、二十五日を境にガラリとその景観が変わる様《さま》は見事なものである。クリスマスのきらきらしい飾りが取り去られ、「年末」の見出しがあちこちに見られるようになった通りを行き交う人々の足も、心なしか気ぜわしい。

「よう。待たせたな」

新宿駅前、東口の小さな広場も、待ち合わせの人々でごった返していた。その中に三沢成《みさわなる》樹《き》の姿を認め、三吾《さんご》はタバコをはさんだ片手をあげる。公衆道徳を無視して吸《す》い殻《がら》をそのまま地面に投げ捨てると、靴底《くつぞこ》で踏みにじった。

「人を呼び出しといて遅刻すんなよな」

近寄ってきて開口一番、成樹は威勢よく文句をつけた。待ち合わせの時間は三時。かっきり二十分過ぎている。

「悪い。寝過ごしちまって」

「この時間で寝坊って、どういう生活してんだよ。だいたいさ、こんな寒い場所じゃなくて、最初から喫茶店で待ち合わせにすりゃよかったんじゃん」

吹きっさらしに突っ立ったまま待たされて、かなり頭にきたらしい。

「おっと。まあ、そう怒るなって」

ぽんぽんと言われ、三吾は降参というように大袈裟《おおげさ》に両手を上にあげて、笑った。

「このあたりの店は休日にゃえらく混むからな。待ち合わせても入れねえことのほうが多いわけよ。……というわけで、ちょっと歩くけどいいか？」

言った時には、成樹の答えも聞かずにすでに信号を渡りはじめている。

「入れるんならどこでもいいけどさ」

あとについて歩きながら、成樹は足早な三吾の背中に目を凝《こ》らし、何か腑《ふ》に落ちないように首を傾《かし》げた。

そこは靖国《やすくに》通りから路地《ろじ》を一本はいったところにある、小さな喫茶店だった。半地下にある店の中は照明を落として薄暗く、木装《もくそう》に統一されて、どちらかといえばショットバーか何かのような雰囲気《ふんいき》だ。実際、カウンターのむこうに酒瓶《さかびん》などが並んでいるところを見れば、メインの時間帯は夜なのだろう。静かな音楽の流れる店内には、数えるほどしか客はいない。

「未成年にゃこういうところはちょいと早いが、昼間にコーヒーを飲んでるぶんには害はねえだろ」

三吾の言葉に、成樹は肩をすくめる。

「あんたさ、こういう場所に詳しいわけ？」

「そりゃな。十五の時から俺は一応、この街で稼《かせ》いでっから。ここのマスターとも顔なじみでね。言っとくが穴場ってだけで、そのへんの喫茶店と大差ないぜ、この程度の店なら」

知り合いというのは本当らしく、三吾はカウンターのむこうにいる店主らしき男に片手をあげて挨拶《あいさつ》すると、一番奥の壁際《かべぎわ》にあるテーブルに腰を落ち着けた。

「ま、なんにせよ悪かったな。そろそろ受験の追い込みってやつだろ？」

「そんな時期、とっくに過ぎてるって。でも今日は、どっちかっていうと連絡もらって助かった」

「ああ？」

「今日うち、大掃除《おおそうじ》でさ。勉強どころじゃないわけ。朝からおふくろが大張り切りで、家族総出《そうで》で家中の掃除させられてたんだ。おかげでうまく逃げ出せたよ」

「おい。じゃ、おふくろさんに恨《うら》まれるのは俺か？」

「そういうこと」

すました答えに三吾は苦笑する。

ウエイターが注文をとりに来たので、成樹に顎《あご》をしゃくった。

「ココアとホットサンド」

「じゃあ俺は、ハイネケン」

「げ、昼間からビール!?」

「んなもん、アルコールのうちにはいらねえよ」

軽く笑ってから、三吾は上着のポケットからきれいにラッピングされた包みを取り出した。

『成樹へ』と書かれたカードが添えられてある。

「ほらよ。クリスマスプレゼント」

テーブルに置かれたそれを見て、成樹は綺麗《きれい》な顔をしかめる。

「クリスマスなんてとっくに終わってるじゃん。それに、なんであんたが俺にプレゼント？」

「俺じゃねえって。聖《ひじり》からの預かりもんだ。おまえに渡してくれって頼まれた」

成樹は目を瞠《みは》った。

「聖、どうかしたの？」

「なんで」

「だってなんかさ、そういうのってあいつらしくないだろ。聖だったら、相手が何してようがおかまいなしにすっ飛んできて、自分でプレゼント渡して、そのますすっ飛んで帰りそうな気がする」

「……そうだな」

自分がマフラーをもらった時の状況がまさにそれだったことを思い出し、三吾は渋々《しぶしぶ》うなずいた。

「もしかして聖たち、仕事でまたどこかへ行ってるとか」

三吾はタバコのパッケージを取り出し、指ではじいた。一本取り出し、口にくわえる。

「ああ。二人とも今はいねえよ」

「ふうん」

オーダーした品がテーブルに置かれた。

緑色のビンから手酌《てじゃく》でビールをコップに注ぎ、三吾はそれを一息に飲み干した。

「最近、天狗《てんぐ》は姿を見せるのか？」

成樹はサンドイッチを頰張《ほおば》りながら、肩をすくめた。

「黒月《くろつき》だったら、あれ以来見かけないよ。隠れてても、いたら四天鬼《してんき》が騒ぐからさ。あんたと聖と二人がかりで締め上げられて懲《こ》りたんじゃない？」

「どうだか。あいつの上にはもっと性悪《しょうわる》の親玉がいるからな。おまえを諦《あきら》めたとも思えねえ。——そのつもりで十分用心しろよ、成樹。いざとなったら四天鬼を暴走させたってかまわねえから、自分の身を守ることだけ考えろ。俺たちがいつもいつも助けてやれるとはかぎらねえからな」

成樹は答えなかった。ココアを一口飲んでカップを置き、それからおもむろに口を開いた。

「また何かあったわけ？」

二杯目のビールをコップに注ごうとしていた三吾の手がとまった。

「あんた今日、ヘンだぜ？　最初は妙にはしゃいでると思ったらさ、言ってること何かちぐはぐで。こないだは、俺が天狗のことは自分でなんとかするってったら、怒っただろ。助けを呼ばないのは馬鹿だ、必ず自分が助けに行ってやるって。忘れたのかよ？」

「それは……」

「俺、ギリギリまであんたらに面倒かける気はないよ。それは前にも言ったけどさ。だけど、あんたが今みたいなこと言い出す時って、絶対何かあった時なんだよな」

「いや、だから、この時期は佐穂子《さほこ》も里帰りして奈良に戻ってるし、俺もその、いろいろあって手が回らねえから、どうしても守りが手薄《てうす》になるって意味で……」

「まだ俺に助けてくれって言えないようなことかよ？」

上目遣《うわめづか》いに三吾を見て、成樹の口調は鋭い。

「え？」

「あんた、これも前に言ったよ。いつか、俺の力がみんなに必要になる時がくるって。その時には、俺がどんなに嫌がっても、無理矢理でも俺に助けてくれって言わなきゃならないってさ。——まだそういう事態にはなってないってこと？」

三吾は彼を見つめると、タバコを持っていないほうの手で髪をかきあげた。

「……ほんと、修行が足りねぇな、俺も」

口の中で呟《つぶや》く。

それから吐息をついて、ぼそりと言った。

「まだだ。——まだ、おまえの助けは必要ない」

「だったら俺、これ以上は聞かないよ。だけど味方がそばにいるのに大声あげて助けを求めないヤツは馬鹿だって、あんたのセリフ、そっくりそのままお返ししとくからな」

どちらが辛《つら》いのだろう。

わかっていて友人を見殺しにすることと、知らずに見殺しにすることでは。

成樹が持つ四天鬼の力。——それがあれば今、あの二人の鬼を救うことができるだろうか。

あの二人にとっての心強い守りとなるだろうか。

三吾には判断できない。

ただ、巻き込みたくないと思った。いつもそう思ってきたけれども、今は心底《しんそこ》、『本家』内部に生じたこの醜悪《しゅうあく》な争いを外の人間である成樹に告げる勇気が三吾にはなかった。

――敵が凶星《きようせい》や天狗《てんぐ》だけなら、迷うことなどなかったかも知れない。

「もし……俺が」

言いかけて、三吾は唇をきつく噛《か》む。タバコを灰皿にこすりつけ、ひどく抑揚《よくよう》を欠いた声を押し出した。

「俺が、弓生《ゆみお》や聖の敵になるって言ったら、おまえはどうする？」

成樹は怪訝《けげん》に目を見開いた。

「どういう意味だよ、それ？」

「仮にって話さ」

「そんなことあるわけないだろっ」

きゅっと成樹は眉《まゆ》をひそめる。即座に、きっぱりと言ってのけた。

「みんな、聖や弓生が好きで、あいつらだって俺たちのこと好きで。それでなんで敵になったりするんだよ。あるわけないじゃん、そんなこと」

「……そうだな」

三吾は淡く笑った。

「あるわけがないな」

店内を静かな音楽が満たし、水の中にいるようにそばのテーブルの会話はさわさわと声の気配だけが伝わってくる。彼らの会話もそうなのだろう。テーブルのひとつひとつが孤立した空間であるかのように、仄暗《ほのぐら》い照明の陰影《いんえい》に沈む他の客の表情は、周囲にはまったく無関心だった。

しばらく無言でビールを口に運んでいた三吾だが、やがて低く、呟《つぶや》くように言った。

「俺は明日からちょいとばかり東京を離れる。年内にゃ戻るだろうが」

同じように黙々《もくもく》とサンドイッチの残りを片づけていた成樹は、露骨《ろこつ》に怪訝《けげん》な顔をした。

「年内ったって、あともう何日かしかないだろ。どっか行くわけ？」

「東北だ」

三吾は目の前に持ち上げたコップを軽く揺らす。わずかに底に残った液体を見つめて、言った。

「岩手の遠野《とおの》だ。——友人に会ってくる」

店を出たあと、二人は申し合わせたように並んで駅にむかって歩き出した。

その途上《とじょう》で、成樹はふと足を止める。

そこは靖国通りの並びにあるデパートの前だった。客の出入りで混雑する入り口のあたりを通りすぎようとした時、ふわりと何かが首筋に触れたのだ。

目に見えない手で撫《な》でられたような感触。

(四天鬼？)

のうちのどれかはわからないが、身体の中でざわりと騒ぐものがある。

とっさに天狗《てんぐ》があらわれたのかと思って成樹は身構えたが、すぐに肩の力をぬいた。いつもの警告ではない。敵が身近にいるなら、もっと襟首《えりくび》をちくちくと刺されるような不快な気分になるのだが、今回はそれがない。

といって何もないのに四天鬼が騒ぐわけもなく、首を傾《かし》げていると、数歩先まで行っていた三吾が振り返った。

「成樹――？」

答えようとしたとたんだった。

成樹の視界がぶれた。雑踏《ざっとう》の音と人いきれが急速に遠ざかり、いきなり日が翳《かげ》ったように目に映る風景が暗くなった。

（げっ、なんだよ、これ）

目の前にぽかりと穴が開いてそこに吸い込まれるような。目眩《めまい》にも似た感覚に、成樹は仰《ぎょう》天《てん》する。

――嬢ちゃん、あんたは異形《いぎょう》だね？

急に訪れた静寂《せいじゃく》に滲《にじ》むように、声が聞こえた。

いつの間にか少し離れたところに、一人の少女が立っている。エンブレムつきのブレザー、短めのストレートボブ。制服姿の女子高生だ。

輪郭《りんかく》や細部までもハッキリと見てとれるが、それは成樹が会ったこともない少女だった。

――私はここで待っているから。

そうして少女の傍《かたわ》らにも誰かがいた。シャッターをおろしたデパートの入り口の前で、人気《ひとけ》のないその場所で、しきりに少女に話しかけているのだ。

――嬢ちゃんはまだ間に合う。人に戻ることができるよ。

ほとんど息をつくことも忘れてその光景に見入っていた成樹の肩に、手が触れた。

「おい、成樹」

その瞬間。フィルムのひとコマが止まったように、風景が色を失って、霧散《むさん》した。

成樹は目を瞬《またた》かせる。

遠のいていた喧燥《けんそう》が、どっと鼓膜《こまく》に押し寄せた。往来《おうらい》を行く大勢の人々。その話し声。車のクラクション。デパートのシャッターは先刻とかわらず開いている。まだ昼間だ。

「どうした？」

三吾が彼の肩を摑《つか》んでいた。

不思議そうなその顔をしばらくぽかんと眺めてから、成樹はもう一度雑踏《ざっとう》に目をやった。

「今そこに、誰かいたみたいな気がしたんだけど」

言いながら、馬鹿みたいな言い方だと自分で思う。こんな人ごみで、誰かいたもないものだ。

だが三吾はそちらに目をやって、軽く肩をすくめた。ああ、と何でもないことのように呟《つぶや》く。

「ここで死んだやつがいるな。……男で、しかも老人だ」

「え？」

「俺も時々ここを通るから気がついてたんだが。殺されてまだそれほど経ってねえだろ」

「殺された……⁉　ってことは、幽霊？」

「ま、ありていに言やそういうこった」

では、あの一瞬の白昼夢《はくちゅうむ》のような光景は。

成樹はまた、その場所に目を凝《こ》らす。

「おまえさんにも見えたのか？」

「……うん、まあ」

おぼつかなく、成樹はうなずく。見えたのは老人ではない。

「急に四天鬼が騒いでさ。俺、また天狗《てんぐ》かと思ったんだ。そしたら女の子がそこに立ってた」

「へぇ、女の子ねえ」

三吾は横目で彼を一瞥《いちべつ》すると、かしかしと頭をかいた。

「なら、その子を待ってんのかもな」

「待ってる?」

「おまえが見たのは残留思念《ざんりゅうしねん》てやつさ。死んだ男は、今もここで誰かを待っている。生前に約束でもしてたのかも知れねえが、そいつが気がかりってわけだ。——まあ、放っておいても害はねえな。天狗がらみってわけでもなさそうだし、大方《おおかた》、四天鬼がおまえさんに悪ふざけでもしたんだろ。行くぞ」

——私はここで待っているから。

声は、そう言っていた。

さっさと踵《きびす》を返した三吾のあとを慌《あわ》てて追いながら、成樹はぐいと口元をまげた。

「あんたお祓《はら》いもやるんだろ。幽霊そのままにして、放っとくのかよ?」

「無理言うな。その子が気づいて約束を果たすつもりになりゃ、成仏《じょうぶつ》もできるだろうがな。いちいち関わってたらこっちの身がもたねえんだ」

冷たいようだが、事実である。この程度の念ならば、この街には掃《は》いて捨てるほどいる。極力自分から関わらないほうがいい、というのが十五の時からの三吾の処世術だ。

「——」

最後に成樹は肩越しに、その場を振り返った。

四天鬼の悪ふざけというのは、何しろ気まぐれでやたら面倒をかましてくれる存在なのでいかにもありそうなことである。だが。

──嬢ちゃんは異形《いぎょう》だね。

そんな言葉を聞いた気がする。どういう意味だろうと、成樹は思う。

その老人は、なぜ少女を今も待っているのだろう。

相原理緒《あいはらりお》が以前にそこで老人と出会い、会話を交わしたことなど、成樹や三吾が知るわけもない。ましてや彼女が庄間《しょうま》配下の天狗《てんぐ》であり、黒月同様、自分たちにとっての「敵」であることなど、この段階で二人が知るよしはなかった。

2

翌日。三吾は東京を発《た》って一人、北の地を目指した。

ちょうど正月の帰省《きせい》ラッシュが始まろうかという時期である。三吾にしては午前中のわりと早めの時間帯に東京駅に着いたつもりだったが、結局予約なしがたたって、午後発の新幹線にようやく座席を確保できた。

それから三時間かけて岩手の新花巻《しんはなまき》駅へ。乗り換えの電車を待つ時間もあわせれば、遠野まではさらに一時間半はかかる。途中で見上げた空は雲垂れ込めて鈍色《にびいろ》に重く、夕刻となる前にはや、黄昏《たそがれ》のように暗い。今にも白いもののちらつきそうな、そんな北の空の特有の色を雪暗《ゆきぐ》れというのだと、昔何かの本で三吾は読んだことがあった。

遠野に到着したのは六時少し前、すでに日はとっぷりと暮れていた。

電車を降りてホームに降り立てば、踝丈《くるぶしたけ》ほどに積もった雪が夜目《よめ》にも仄白《ほのじろ》い。

改札をぬけ、ストーブが赤々と燃える待合室に入って、三吾はそのままベンチに腰を下ろした。

「馬鹿か、俺は」

乾いた声で呟《つぶや》く。

——こんなところまで、何をしに来たのだろう。

来る途中で幾度も同じ問いかけを心の中で繰り返し、その度《たび》に答えを避けてきた。だが目的地まで来てしまえば、もう先に引き延ばすことはできない。

（俺は一体……）

わかりきっている。遠野は御景《みかげ》との盟約《めいやく》の地だ。天狗の襲撃によって当地の呪術者《じゅじゅつしゃ》が惨《ざん》殺《さつ》されるというこの夏の事件をきっかけに、それまで中央と敵対していたこの北方水気《ほっぽうすいき》の地は表向きは御景の管轄《かんかつ》下に入った。御景が遠野を守ることを三吾は誓《ちか》い、遠野もまた信頼でもってそれに応じたのだ。

ここなら中央の干渉《かんしょう》はない。事情を話し、弓生と聖をこの地に逃がせば、安全に匿《かくま》ってもらえるのではないか。

東北の者たちは、あの二人の鬼をよく知っている。なにより、中央におもねることを嫌い、打算《ださん》などでは頑《がん》として信念を揺るがすことのない連中だ。

だから弓生たちを受け入れてくれと頼めば、けして否《いな》とは言わないだろう。大丈夫だと、一度は三吾は確信した。

けれども。……ここまで来て次の行動に二の足を踏むように、三吾はぼんやりとベンチに座ったまま、音をたてて燃えるストーブの炎を見つめている。

気がつけば、待合室にちらほらいた客の姿もなくなり、残っているのは彼一人になっていた。ふと身震いし、三吾は東京から持ってきたバッグの中を探った。

取り出したのはブランデーの瓶《びん》。普段の彼ならおいそれと手を出すことのかなわない極《ごく》上品《じょうひん》である。これを買うために、眞巳《まきみ》が彼の口座に振り込んできた金に初めて手をつけた。

ゆっくりと封を切り、これまた東京から持参してきた紙コップに中身を注ぐ。一息にあおると、強い酒は苦く喉《のど》を焼いた。味わう間《ま》もなくむせながら、三吾は空《から》になったコップに琥《こ》珀色《はくいろ》の液体をさらに注ぎ込んだ。

瓶を半分ほど空にしたところまでは覚えている。奇妙なことに、アルコールで意識は溶けてゆくのに身体は暖まらず、逆に芯《しん》から冷えてゆくような気がした。

そのままいつの間にか、眠ってしまったらしい。

夢を見た。

気づくと、傍《かたわ》らに昆《こん》が立っていた。遠野を守る一伏衆《ひぶせしゅう》、その生き残りで幻視者《げんししゃ》でもある男は、三吾の記憶の中でいつもそうだったように太い腕をむっつりと組んで彼を見下ろしていた。

相変わらずデカい男だ。立ち上がった熊みたいだなと思い、なんとなく三吾は笑う。

——なあ、頼む。あいつらを守ってやってくれ。

昆を見上げて、三吾は呟《つぶや》いた。

——ここにいればきっと、あの二人は安全だ。俺じゃ駄目なんだ。あいつらを守れねえんだ。俺はもう御景を裏切ることはできねえんだよ……。

何度も何度も。同じ言葉を繰り返した。

頼む、と。

——俺は御景だ。だけどそんなこともわかっちゃいなかった。俺は何もわかっちゃいなかったんだ。

御景とは無関係に、野坂《のさか》三吾という一人の人間として生きていけるのだと思っていた。家を捨てたことを後悔したことは、一度もなかった。次期当主の座につくことを宣言した時でさえ、迷わなかったのだ。——御景がどうなろうと、自分の知ったことではないと。

とんだ一人よがりの甘ちゃんだ。そんなセリフを口にすることさえ許されずに生きてきた者がいたことを思い知らされた時、自分はこれほどに無力だった。

昆は何も言わなかった。いかにも寡黙《かもく》な風情《ふぜい》で、ただわずかに、三吾を見つめる目を細めた。そんなふうに無愛想《ぶあいそう》なところも、夢だというのに相変わらずのようで、三吾はまた笑った。

視界が暗転する。

風が吹いていた。肌を切り刻むように冷たい風が、駆け抜けては渦《うず》を巻き、夜の闇を鳴動《めいどう》させる。どうどうと、樹々が鳴り、暗い山が鳴る。

遠く大気を揺るがす風の音に、エンジンの音と振動が重なって、それで今度は車に乗っているのだと思った。

すごい風だ、と言うと、

「早池峰《はやちね》おろしだ」

やはり傍《かたわ》らにいるらしく、昆の声がする。

北の早池峰山、姫神《ひめがみ》の住まう霊峰から吹き込むその風は、冬の間、遠野盆地に荒れ狂うという。雪が降れば地鳴《じな》りがするほどの吹雪《ふぶき》となり、あらゆるものから容赦《ようしゃ》なく熱を奪い去ってゆく。

ものすごく寒いところなんだな。

呟《つぶや》いた三吾の瞼《まぶた》の裏に、際限なく白いものの降り積む光景が広がった。そんなものをどこで見たのだったか。きっとＴＶのニュースか何かだ。彼は東京より北で冬を過ごしたことはないのだから。

いずれ本格的に雪の降る時期がくれば、いつか見たその風景と同じように、この土地にあるすべてのものが白い風の中で凍りつくのだろう。

どう。

古い家屋《かおく》をすくいあげるように、風が走った。

空気が流動した一瞬の間《ま》のあとに、壁が屋根がぎしりと軋《きし》む。風はどこから入ったか、囲炉裏《いろり》の炎が激しく踊った。

その炉端《ろばた》には男が二人、座っている。

すでに見知った山伏装束《やまぶししようぞく》の男たち。そのことがなぜか無性《むしよう》におかしくて、三吾は声をあげて笑った。

あんたらも飲むかい？

へらへら笑いながら、底のほうに少しばかりブランデーの残った瓶《びん》を持ち上げ、ラッパ飲みの要領で口をつけた。

なんだかもう、どうでもいいような気がする。

東京を離れ、こんなところまで何をしに来たのだろう。――どうせ何もできやしないというのに。

だが三吾が瓶を傾けるより先に、横から伸びた手が荒々しくそれをひったくった。

ばしゃっ。

入れ替わりに冷たい水を顔に浴びせかけられた。

「な……？」

一瞬息がつまって、三吾は呆然《ぼうぜん》とする。

水は顔からポタポタと滴《したた》って、胸元までも濡らしていた。

「目がさめたか」

昆が目の前に立っていた。手に空《から》になった湯飲みを持っているところを見ると、それに汲《く》んだ水を三吾にぶっかけたのだろう。

おかげで、意識がいっきに冴《さ》えた。おぼろげに視界に知覚していた映像が、ふいに焦点《しょうてん》が絞《しぼ》られたかのように、鮮明になった。

三吾は幾度も目を瞬《またた》かせ、それからゆっくりとあたりを見回す。

夢などではなかった。

ここは上井狭《かみいさ》にある昆の家だ。たった今まで駅の待合室にいたと思ったのに、おそるおそる時計を見ると、それから三時間ほども経っている。囲炉裏《いろり》のそばでへたり込むようにして、酔いつぶれていたのだ。

「なにしやがる……」

弱々しい声で抗議すると、今度は乾いたタオルが顔めがけてとんできた。それで拭《ふ》けということらしい。

「まったく。何というザマだ、貴様は」

炉端《ろばた》に座っていた男の片方――壬道《みどう》は、眉《まゆ》をきりりと吊り上げ、険《けん》のこもった目で三吾を睨《にら》みつけた。

「呆《あき》れてものも言えぬわ」

「正《まさ》しく酔っ払いだな。まあ、その量を飲んだのなら無理もなかろうが」

その隣にいるのは室根《むろね》の塞部《さいのべ》のリーダー格、葛西《かさい》である。火かき棒を使って炎に松の根をくべながら、昆が土間《どま》に置いた酒瓶《さかびん》を見て首を振った。

三吾は黙って、タオルで水滴を拭《ぬぐ》った。なぜ塞部の二人までこの場にいるのかという疑問さえ、頭に浮かばない。ただ、誰の顔もまともに見ることができなかった。

真っ先に襲ってきたのは、苦い自己嫌悪だ。

こんな無茶な飲み方をしたのは久しぶりだった。いや、知らぬうちに瓶をほとんど一本空《から》にしてべろべろに酔った姿を他人の前にさらすなんて醜態《しゅうたい》は、初めてかもしれない。

どうっとまた、強い風が家を揺らした。

「早池峰おろし、か」

やがて、三吾はぽつりと口にした。

その言葉を聞いたのも、夢の中ではなかったのだ。

「駅まで迎えに来てくれたのか。……どうして俺がいるってわかったんだ？」

昆は濃いめにいれた茶を湯飲みにそそぎ、急須《きゅうす》ごと三吾の前に置いた。そうしてから自分ものっそりと、炉《ろ》のそばに腰を据《す》えた。

「あんたが、遠野に来ても必ず俺に連絡をよこすとは思わなかった」

「――」

炎がまた、赤く踊る。くすぶるように燃える松の根の、独特の香《か》が屋内に漂った。

「だから、あらかじめあんたの年格好を駅員に伝えて、姿を見かけたら電話をくれと言っておいた。あんたのなりはここでは目立つ」

駅から電話がきたのは六時すぎだったという。聞いていたとおり髪を染めたヤンキーな風《ふう》体《てい》の男を見かけたものの、待合室でのその行動がいささか挙動《きょどう》不審《ふしん》であったため、駅員としては先に警察を呼ぶべきかどうか、しばらく迷ったものらしい。

「俺が今日来ることを知ってたってのか？」

壬道はいっそう顔をしかめ、葛西のほうは意味ありげな視線をちらと周囲に馳《は》せた。

一人表情を変えぬまま、昆は重たげに口を開いた。

「御景から連絡があった」

湯飲みを口に運ぼうとしていた三吾の手がとまる。

「……え？」

「御景眞巳からだ。あんたが今日、東京を発《た》って東北方面へ向かったと」

三吾は呆然《ぼうぜん》と湯飲みを置いた。昆を凝視《ぎょうし》する。

相手の言葉は、驚きや怒りといった感情よりも先に、何か奇妙な感慨《かんがい》を彼に与えた。

(兄貴は……知ってたのか)

とすればおそらく、御景の家人《かじん》に尾《つ》けられていたのだ。彼の行動は眞巳に筒抜《つつぬ》けだった。

もしかしたら尾行されていたのは、昨日今日のことだけではなかったかもしれない。

そうして、それはもちろん眞巳が三吾の反抗を、『本家』の使役《しえき》を救うために自分の言葉に背《そむ》くであろうことを、最初から予測していたからであり――。

(お見通し、か)

酔いがぶり返したように、頭の芯《しん》がぐらぐらした。くくっと三吾は喉《のど》を鳴らす。発作的に笑い出していた。

額に手をあて、髪を摑《つか》むようにかきあげて、笑いつづけた。

「なるほどねえ。こいつは傑作だ。一大決心をして遠野くんだりまで来てみりゃ、俺は兄貴の手の中でひょっとこみたいに踊ってただけで、おまけにあんたらもそれは先刻承知の上だったってわけだ」

「何を笑っている」

壬道が不機嫌に唸《うな》る。

「笑わずにいられるかよ。俺はさぞかし馬鹿に見えただろうな。——それで？　あんたらもう、経緯《けいい》は聞いたんだろう。兄貴は何て言ったんだ。『本家』の使役《しえき》が人を殺して、俺がそいつらを東北に逃がそうとしている、そんな話にゃ耳を貸すなってか？　もし承知すりゃ、東北は中央をまた敵に回すことになる、先々遠野《さきざき》の利にはならねえってな脅《おど》しくらいはかけてきただろうな」

ぱちぱちと囲炉裏《いろり》で火《ひ》の粉《こ》がはぜ、歪《ゆが》んだ笑みをたたえた三吾の顔に陰影《いんえい》を刻んだ。

「で、あんたは兄貴に何て答えたんだ、昆」

昆は三吾に据《す》えたままの目をすっと細めた。反応はそれだけだ。一伏の男は無言だった。

ふたたび三吾の中に空《うつ》ろな笑いの衝動がこみあげた。まだ身体の底に重く淀《よど》んでいるアルコールのせいだ、と思った。

「いいんだぜ、べつに。あの二人を匿《かくま》ったところで、あんたらにゃメリットはねえ。それどころか中央とまたひとくさり揉《も》め事《ごと》を起こすのは御免《ごめん》だっていうことでもな。鬼が東北に逃げ込めば、中央が必ずかぎつけて追ってくる。おまけに御景は連中に同調して遠野との盟約《めいやく》を破棄《はき》、これまでの互いの苦労は水の泡って寸法《すんぽう》だ。あんたらだって好きこのんでそんなやっかい事はしょい込みたくねえだろ」

胸の中に鋭い刺《とげ》が刺さっている。痛くて辛《つら》い刺だ。それを言葉にかえて吐き出すように、三吾は一息にまくしたてた。——吐き出す相手が違うのだということは、わかっていたけれども。

昆はその目をさらに細くする。

ぼそり、と言った。

「一大決心だったか、本当に？」

三吾の笑いが消えた。相手の声音《こわね》にひやりとしたものを感じて、唇を噛《か》んだ。

「なに？」

「あんた、本当にあの二人を助ける気があったのか」

「……どういう意味だ、てめえ」

しゃら、と金属の輪が炉辺《ろべ》で鳴った。壬道が、脇に置いてあった錫杖《しゃくじょう》を取り上げ、立ち上がったのだ。

「話にならぬ」

塞部は怒りの滲《にじ》んだ口調で、吐き捨てた。

「どこへ行くつもりだ」

床板《ゆかいた》を踏み鳴らすように踵《きびす》を返した仲間を見て、葛西が戸惑ったように声をかけた。

「帰らせてもらう。こやつが大馬鹿者であることは知っておったが、ここまで根性の据《す》わらぬ愚か者とは思わなかったわ」

「しかし時間ももう遅いことだ。この寒風の中を岩手山《いわてさん》まで戻るつもりか」

なだめるつもりか、やんわりとした葛西の口調だ。

「この程度の寒さや風で難儀《なんぎ》するほど、普段から手ぬるい修行をしてはおらん」

壬道はすでに土間《どま》に下りて、脚絆《きゃはん》の紐《ひも》を巻き直していた。とりつくしまもない。

「御景の次期当主が来ると一伏がわざわざ知らせてきたから、また何を企《たくら》んでいるかと思って様子を見に来ただけのことだ。ただでさえ暮れのこの忙しい時に、自分の思い通りに事がいかぬからといってぐだぐだと泣き言をならべたてるような情けない男の面《つら》を拝みに来たわけではないわ！」

いよいよ言葉を尖《とが》らせて、壬道は炉端《ろばた》を振り返った。三吾をじろりと睨《にら》みつけ、手にした錫杖《しゃくじょう》で土間の床を打った。

「見損《みそこ》なうでない。東北はいついかなる時も、中央と相争《あいあらそ》うだけの覚悟はある。我らが保身のために貴様と手を組んだとでも思うてかっ！」

一喝《いっかつ》を残し、壬道は戸口に姿を消す。一瞬、身に凍《し》む風が屋内に吹き込み、その唸《うな》りよりも大きな音をたてて、戸が乱暴に閉ざされた。

「短気な奴だ」

やむをえぬとばかりに渋《しぶ》い表情で、葛西も腰を浮かせた。あとの二人に肩をすくめて見せる。壬道を追うために自分も装束《しょうぞく》を整えながら、

「悪く思うな。ああいう口のききかたしかできぬ男だ。——あれで、貴様に目をかけている

つもりだったのだ」

それは三吾にむけられた言葉だった。

塞部が立ち去ったあと、屋内には炉《ろ》の火がはぜる音だけがひそやかに響いた。

三吾は湯飲みを手に取ると、少し冷めた茶を一口、二口すすった。そうしながら囲炉裏《いろり》の炎を呆《ほう》けたように見つめている。

壬道が彼を怒鳴りつけた言葉。葛西が言い置いた言葉。どちらも傷がしみるように、胸の中で痛みと変わった。

返す言葉など、一言もなかった。ただ、思った。——自分はどうしようもない最低の人間だと。

昆は火かき棒を取り上げて炉の火をかきたてた。炎が揺れる。見入っていた三吾は、顔をあげた。

「……すまねえ」

ぽつん、と消え入りそうな声を漏《も》らした。

「あんたにも塞部にもひどいことを言った」

昆はゆっくりと火かき棒を炉端に戻す。

「風呂をわかしてある。冷めないうちに入れ」

誰を非難するでもなく、まるで何事もなかったかのような動じない声音《こわね》に、三吾は歯を食いしばった。

「昆、俺は……」

だが言い差した三吾を制するように、昆は立ち上がった。

そのまま土間《どま》に下り、台所にむかう。何をするのかと見れば、鍋《なべ》を火にかけている。どうやら食事の用意らしい。そういえば夕食がまだだったことに、三吾はその時になって気づいた。空腹すら、忘れていた。

先につくっていつでも食べられるようにしてあったのだろう。煮物の野菜を小鉢《こばち》に移しながら、昆はぼそっと口を開いた。

「御景眞巳には何も言っていない」

「——」

三吾はその背中を食い入るように見つめた。

「もしも遠野を攻撃してくる者がいたら、相手が誰であろうと俺は許すつもりはない。だが今回のように中央がどうの『本家』がどうのという話は、あくまであんたらの価値基準でのことだ。俺には関係ない」

どんな事態にも、東北は自分たちの信念で動く。中央や御景の思惑《おもわく》に、ましてや相手との関係の利や不利に左右されることはないのだと。

三吾は炉《ろ》の縁《へり》を両手で摑《つか》んだ。目を閉じ、大きく呼吸を繰り返した。

迷って迷って、噛《か》み締めた歯の間からついに言葉を押し出した。

「昆、頼む。あいつらを……弓生と聖を……」

「あいつらは遠野には来ない」

三吾ははじかれたように目を見開くと、ふたたび昆の背中を見た。

家がまた、鳴った。地鳴《じな》りのような音をたて、風が山肌を吹き降りて上井狭の集落を駆け抜ける。唐突《とうとつ》に、まったく脈絡《みゃくらく》なく、集落で今灯《ひ》がともっているのは自分たちのいるこの家屋《かおく》だけなのだと、三吾は思った。一伏が皆殺しにあったこの夏以来、昆はたった一人でここに住んでいる。

淡々と、昆は言葉を継いだ。

「あの二人は、あんたがここに来ていることを知っているのか」

「……いや」

「御景があの二人を殺すと言ったことは」

「まだだ。多分、まだ知らねえと思う」

一伏は手をとめると、ゆるりと三吾を振り返った。背を向けていても顔をこちらにむけていても、寡黙《かもく》な風情《ふぜい》にかわりはない。

「たとえ知らなくても、あんたがあの二人をかばおうとすることで仲間と対立することくらいは、誰にだってわかる。事情を知ればなおさらだ。あんたの立場が悪くなることがわかっていて、あの二人がここへ来るとは思えない。俺がいいと言い、あんたがそうしろとすすめたとしても、あいつらは遠野には来ない。そうじゃあないのか」

愕然《がくぜん》と。今度こそ、三吾は言葉を失った。

——その通りだ。

遠野が危険にさらされるとしても、東北の者たちは黙って鬼を匿《かくま》ってくれるだろう。だが、たとえ三吾がその了承をとりつけ、あの二人を捜し出してそのことを伝えたとしても、弓生も聖もけしてうなずかないに違いない。

あの二人は、自分の命の代償《だいしょう》に他人を利用することなど、考えもしないのだから。

わかっていた。

本当はここへ来る前から、そんなことは気づいていたのだ。

「それにあんたは、兄貴を裏切る覚悟はしていない」

昆を見つめて、三吾は口元を歪《ゆが》める。身体の芯《しん》がひやりと冷えて、なんだか泣きたいような気持ちになった。

うなずく。

「ああ」

——一大決心だったか。

——本当にあの二人を助ける気があったのか。

手を触れただけで、相手の思考も記憶も読み取ることができるという、幻視者《げんししゃ》。すでに心を読まれていた。三吾がけして自分では認めまいと目を逸《そ》らせつづけてきたことまで、昆は正確に見抜いていたのだ。

(俺は)

遠野に来て、けれども昆に会うことを躊躇《ためら》ったのはなぜだったか。自分には何もできないと、弓生や聖を助けることはできないと、いつも意識のどこかで囁《ささや》く声を聞いていたのは、なぜなのか。

それでもすがるように、こんなところまで来てしまったのは——。

「あいつらのためじゃなかったんだ」

三吾は両手で顔を覆《おお》うと、そのまま自分の腕で頭を抱えるように身体を丸めた。

「俺は、あの二人のために何かしてやってると思うことで、御景の人間としてこれからやらなきゃならないことの、言い訳が欲しかったんだ。自分の罪悪感から逃げ出そうとしていただけだ」

自分はこれほど弱かったのか。これほど卑怯《ひきょう》だったのか。——三吾は顔を伏せたまま、歯を食いしばる。

選択権などない。

御景の次期当主として、三吾が選ぶべき道は、たったひとつしかない。

だから、逃げたかった。

何よりも真っ先に弓生たちの所在《しょざい》や置かれた状況を確認するべきなのに、そのかわりに遠野まで救いを求めに来た。苦しくて、どうしていいのかわからず、もう断ち切ることのできない御景とのしがらみに戦慄《おのの》いてどこかへ逃げ込みたかったのは、彼自身だったのだ。

3

翌日の空はきれいに晴れて、薄青のガラスのように冷たく澄んでいた。

遠野の市街から眺める山並みは、朽《く》ち葉《ば》色に粉雪をまぶしたようで、遠目になるほどその稜線《りょうせん》が鋭利に白くなってゆく。風は時おり強かったが、それでも昨夜のそれに比べればよほど和《やわ》らいで感じられた。

遠野駅の前で車を降りた三吾は、朝日を反射する雪の眩《まぶ》しさに、思わず手をかざして目を瞬《また》かせた。それから、軽トラックの運転席から降りてきた昆にうなずいて見せる。

「すまなかったな。……いろいろ迷惑をかけちまって」

笑って、昆に手を差し出した。

今日のうちに東京へ戻ると言った三吾を、一伏はあえて引き留めることはせず、見回りのついでだからと駅まで送ってきたのだ。

「塞部にも、悪かったと伝えてくれ。みっともねえとこ見せて、後悔してるってな」

昆は自分に握手を求める手を一瞥《いちべつ》して、わずかに眉《まゆ》をひそめた。彼が他人に触れたがらないことを知っていながら、三吾が辛抱《しんぼう》強く待っているのを見て、ようやくポケットにつっこんだままの手を引きぬいた。

「あんたには嘘はつかない。昨日一晩じっくりと考えて、俺なりに心を決めた。もう二度と、あんたたちにあんな情けない姿は見せねえよ。約束する」

昆のがっしりとした手を力強く握り返して、三吾の表情が真剣なものになる。それをどこか怪訝《けげん》に眺めてから、昆は低く言った。

「そうか」

「じゃあな」

微笑して軽く手を振ると、三吾は駅の構内に姿を消した。

その後ろ姿を見送ってから、昆は考え込むように、握手を交わした自分の手に目をやる。

ひそりと呟《つぶや》いた。

「その決意は、あんたには無理だ」

駅から集落へ戻る途中の林道《りんどう》で、昆は軽トラックを停《と》めた。

そこから山の斜面に刻まれた獣道《けものみち》が、樹木の間を縫《ぬ》うように延びている。車を降り、昆は躊躇《ためら》いもせずその細い道へと踏み入った。

ここしばらく誰も通っていないことを示して、道に積もった銀雪《ぎんせつ》には足跡ひとつない。この雪が降ったのは数日前、昆がここを訪れるのもそれ以来だ。踏みしめる一歩ごとに、表面が凍りついた雪はカリカリと音をたてて砕《くだ》けた。

夏ならばうっそうと葉が茂り、陽射しをさえぎって昼間にも暗い場所であったが、冬の今には光が樹林に射し込んで、眩《まばゆ》いほどにあたりは明るかった。梢《こずえ》はぬけるような青空を高く指し、わずかばかり枝に残った葉は、まるで紙屑《かみくず》のように黒く縮れて頼りなく風に揺れている。

ほどなく、昆は足をとめた。その目の前には小さく開けた窪地《くぼち》、樹木に囲まれたその真ん中に、地面に据《す》えたようにして大きな岩があった。

高さは四メートルほどもあるだろうか。岩石の中ではもっとも霊質が強いといわれる花崗《かこう》岩《がん》だ。

岩はこの地の結界の要《かなめ》にして、北方水気である遠野の『水』の気を生むもの。夏の事件で一度壊滅《かいめつ》した結界を修復するため、手ごろな岩を選んで念をこめて回るのが、一伏である昆の日課である。

この岩も、そのために選ばれたもののひとつだった。昆はその表面に手をかけ、指を添わせるようにして撫《な》でる。目を閉じ、祈念《きねん》の言葉を低く唇にのせた。

そうしてどれくらい、そのままでいたか――。

ふと、昆のいかつい肩が揺れた。目を開き、念を紡《つむ》いでいた唇を引き結ぶと、ゆっくりと首を巡らせた。

どうぅ。

山を吹き降りる風が、樹々の梢を叩いている。微細《びさい》な氷片《ひょうへん》と化した雪を巻き上げ、空に撒《ま》く。

その風が。

ふいに、止《や》んだ。

宙に取り残された雪が、風花《かざはな》となって大気に舞った。一瞬の静寂《せいじゃく》が訪れた樹林に、きらきらと、陽射しを弾《はじ》いて無数の氷の光が漂った。

そこに鮮やかな柿《かき》色が混じり込む。

窪地のはずれ、昆の立ち位置から遠からぬ場所。

編笠《あみがさ》を深くかぶった僧形《そうぎょう》の。巨漢の異形《いぎょう》が佇《たたず》んでいた。

これも幻視《げんし》か。昆は動じぬ眼差《まなざ》しをひたと据える。岩が刻んだ記憶のひとつか。

なぜなら柿色をまとうその姿は、この世のものであってまた、そうではない。遠野に存在するものでもない。そうして微動《びどう》だにせず、北の霊峰、早池峰の方角を仰《あお》いでいる。

やがて息をひとつつく間に、それはゆるやかに形を崩《くず》し、溶け込むように宙に消え去った。

どっとふたたび風が動いた。

――大丈夫だよ。

その風に応えて、樹木の梢《こずえ》が枝を鳴らして騒ぐ。

固く凍って春までの眠りについた樹霊《じゅれい》たちが、その瞬間にだけ目覚めて囁《ささや》き交わした声を、昆は聞いた。

――大丈夫だよ。

ばらばらと木の葉を投げ上げたように、鳥たちが樹林から舞い上がった。

――人は忘れているね。

風に唱和して鳥のさえずりが透徹《とうてつ》とした空に満ちる。

――大丈夫。

――守られているよ。

――ずっと前から、守られていたよ。

「わかっている」

昆は呟《つぶや》く。他人に対してはけして聞かせることのない、優しい声だ。

あの柿《かき》色の異形《いぎょう》の姿を、彼はすでに幾度か、遠野の山中で目にしていた。ここが異界との交わりの地、人ならざるものを当然として受け入れる土地だからか。北の『水』の地、北方水気であることも無関係ではあるまい。

いずれにせよ、あの異形が何者で、何の目的があってあらわれるのかなどということは、昆にはどうでもよかった。

あれは大地を守る者。

地に根づいて生きるすべての命を見つめる者。

それがわかっていれば十分だ。

昆は岩から離れると、踵《きびす》を返して、窪地《くぼち》をあとにした。

五章　離別

1

十二月二十九日。

鹿島神宮《かしまじんぐう》は大晦日《おおみそか》から正月にかけての神事《しんじ》の準備に大わらわであった。

毎年、年明けには新年を寿《ことほ》ぐ氏子《うじこ》たちや一般の参拝客《さんぱい》で神宮境内《けいだい》はあふれんばかりの人出となる。元旦祭《がんたんさい》、元始祭《げんしさい》、白馬祭《あおうまさい》とたて続けに行われる新年行事のひとつでも中止になれば人々が怪しむし、かえって不吉《ふきつ》であるというのが神宮側の言い分である。となれば中央としては畢竟《ひっきょう》、鹿島を覆《おお》う陰《いん》の気を祓《はら》うという通常の任務に加え、ただでさえ少ない人手《ひとで》を割《さ》いて、初詣《はつもうで》に訪れる人々に異変を気取《けど》らせぬための対応策をも講じなければならない。

そのひとつとして、それまで参拝客の立ち入りを禁じていた霊泉のある庭園を開放することになった。庭園は鬼によって無残《むざん》に破壊されたが、その原因は不審火とガス漏《も》れによる爆発というかなり苦しい説明で付近の住民を納得させ、警察にはその筋《すじ》から圧力をかけて調査を打ち切らせた。倒れた木は植え替え、破損した建物はすみやかに修復し、晦日当日には結界を取り払って人々が中に入れるよう、整備が進んでいる。

一方で夜刀神《やとのかみ》に荒らされた鎮守《ちんじゅ》の森の結界はいっそうに強化された。奥宮《おくのみや》から要石《かなめいし》に通じる道は封鎖《ふうさ》され、余人《よじん》がその広大な森に踏み込むことは許されない。こちらは秋の台風以来、樹木の倒壊が相次いでいるため、一般人の立ち入りは危険だという理由がつけられている。

何にせよ、東方木気《とうほうもっき》鹿島の浄化《じょうか》は相変わらず遅々《ちち》として進まず、気の要《かなめ》の地としての機能はいまだ回復の目処《めど》が立たなかった。


「『本家』の御景《みかげ》家がこちらとの接触を求めてきた」

午後、神宮に到着した高良《たから》に開口一番、御師《おし》はそう言った。

弓生《ゆみお》と聖《ひじり》が逃走して約一週間、御師は東京と鹿島の間を足繁《あししげ》く行き来し、二人の鬼の追討《ついとう》を指揮する合間に、神宮での様々な事態の処理に忙殺《ぼうさつ》される毎日だ。そのせいか面《おも》やつれし、もともと小柄《こがら》な身体が一回りも小さくなったように見える。

高良のほうは土地の浄化に関しては素人《しろうと》とかわりなく役に立たないうえ、羅喉《らごう》の影響下にある茨城では空を見ての予見が不可能という理由で東京に居残っていたのだが、今日は雑務をいくつか言いつけられてやって来た。

上司の言葉に星見《ほしみ》は首を傾《かし》げた。

「御景がですか？」

「御景眞巳《まさみ》という人物だ。『本家』の鬼を追うにあたって、我々に協力を申し出てきた。年明け早々にも会談をもつことになっている」

「すみません。その人、誰ですか」

初めて聞く名前に、高良はますます首をひねる。

「四国の御景家の当主の息子だ。長男であるらしい」

「長男て、でも確か僕たちが神島達彦《かみしまたつひこ》氏に紹介されたのは御景三吾《さんご》さんという人でしたよね」

神島家でのその会見のあと幾度か三吾本人と会っていることを、高良はとぼける。

「家を継ぐのは次男だそうだ。まあ世間なみに考えれば、長男は跡継ぎとしての才覚が認められずに弟の参謀《さんぼう》か後見《こうけん》に回ったというところだろう」

『本家』もなかなか複雑そうですねえ、と高良はうなずいた。

「だけど神島はこちらとの協力を拒否してきたんでしょう？」

「御景は神島とは見解を異《こと》にして中央との直接交渉を望んだ。つまるところ、どうやらこの件に関して『本家』は分裂したと見るべきであろうな」

彼らがいるのは境内《けいだい》の拝殿《はいでん》の前、武甕槌命《たけみかづちのみこと》を祀《まつ》る極彩色《ごくさいしき》に飾られた社《やしろ》を一瞥《いちべつ》し、御師は素《そ》っ気《け》なく言い捨てた。

『本家』を構成する三つの家の間にある溝《みぞ》を、以前から薄々感じていた御師である。神島達彦の事あるごとの言動を見るにつけ、これで他の家が不満を持たぬわけはなかろうと案じてさえいた。

ここにきて家同士の反目《はんもく》が一気に表面化したところで、不思議はないと御師は思う。

「じゃあ、神島から御景に乗りかえるんですか」

御師はわずかに眉《まゆ》をひそめた。だが口調だけは厳然《げんぜん》と、

「この事態だ。鬼を始末するためには、協力者がいるにこしたことはない。御景眞巳がどの程度の人物かにもよるが、仮にこちらが御景と手を組むことで神島との関係が反故《ほご》になったとしても、致し方はあるまい」

今は先々のことに考えを巡《めぐ》らせる余裕はない。時間も人手も不足していた。まして、最初に中央との関係に軋轢《あつれき》を生じさせたのは神島の側である。

高良は頭をカリカリとかいた。困ったような顔をする。

「……あまりいい案とは思えませんけど」

「どういう意味だ」

「『本家』の分裂という事態は僕の予見にはありません。せいぜい内部の対立はあるかもしれませんが、それもすぐにおさまります。とすれば、今の段階でいくら御景が協力を申し出てきたところで、今後態度を一変させてこちらから手をひくと言ってくる可能性だってあり

ますから。こちらのメリットは見込めないんじゃないでしょうか」

「馬鹿な。御景のみならず、奈良の秋川《あきかわ》家も神島には同意していないと聞く。そこまで破綻《はたん》していながら、どうやって『本家』がふたたびひとつにまとまるというのだ」

御師の口調ははっきりと疑わしげだ。

高良は困った顔をやめて、微笑《ほほえ》んだ。いや、真顔になったと言うべきか。

「近いうちに『本家』の中でひときわ輝きの強い星がひとつ、墜《お》ちます。それをきっかけに三つの家は結束《けっそく》を固め、同時に――彼らはあの二人の鬼とは完全に決別することになります」

御師はまじまじと部下を見やった。

「それがおまえの予見か」

「はい」

「『本家』の中の実力者が誰か死ぬと？」

「おそらく、そういう意味でしょう。僕は『本家』の内部の力関係や構成をよく知らないので、人物までは特定できませんが」

御師は高良から視線を逸《そ》らせた。しばし黙り込んでから、ゆっくりと首を振った。

「ならばなおのこと、今のうちにできうるかぎりの情報を『本家』から引き出したい。先の利や不利を論じている場合ではないのだ」

御景の申し出を蹴《け》る気はない、と御師は言った。

どんな手段を用いてでも『本家』の使役《しえき》を追い、事の決着をつけねばならない。

「わかりました」

高良はうなずき、それ以上は言わなかった。

御師は視線を流す。会話の間にも、分厚《ぶあつ》いコートを着込んだ参拝《さんぱい》客が何人も拝殿《はいでん》の前で手を合わせ、彼らには目もとめず行き過ぎていった。地元の人間と一目でわかる者もいれば、観光客らしき老齢の夫婦連れもいる。神を信じ、日々の小さな幸せを感謝し、つつましい平《へい》穏《おん》を願って祈る、善良な人々。

彼らは今、この鹿島の地で起こっていることを知らない。知る必要もない。

その人々の生活がこのままつつがなきことを願い、御師もまた心の中で神に手を合わせる。

――祈るしか、すべはないのか。

「車中に鬼の痕跡《こんせき》は見つかったか」

やがて短い沈黙のあと、御師は高良にまた視線を向けた。

『本家』の鬼が逃走に使った車は、すでに持ち主である高良のもとに戻っている。検分の結果をまだ聞いていなかった。

高良は申し訳なさそうに首をすくめた。

「すみません。あの二人の鬼の気はかなり残っていたんですけど、そこから彼らの行動をトレースすることは不可能でした。あとは特に、車内の物に触れたり動かしたりということはなかったようです」

「そうか」

さほど期待はしていなかったようで、御師はあっさりとうなずいた。

「用事がすんだらすぐに東京へ戻れ。おまえには引き続き、鬼の捜索を受け持ってもらう」

「はい」

「居場所が東京とはかぎらぬが、いまだにどこからもあの鬼たちの目撃情報が入らぬことが腑《ふ》に落ちぬ。神島の術者たちの動向にも気を配ることだ。今のところ唯一《ゆいいつ》、『本家』の中で神島達彦がこちらの妨害《ぼうがい》をしてくる可能性もあるからな」

「わかりました。気をつけます」

答えて、高良はあたりを見回すと、境内《けいだい》の宝物館《ほうもつかん》に目をとめた。急に思いついてためらうように、言葉を続けた。

「あのぉ、……ちょっと聞きたいことが」

「何だ」

「鹿島にある韴御霊剣《ふつのみたまのつるぎ》は後世につくられたものですよね。石上神宮《いそのかみじんぐう》から本物をこっちに持ってくるという話はこれまで一度もなかったんですか？」

御師は怪訝《けげん》に目を細めた。

「ないな。だがなぜ、そんなことを聞く」

「単純に不思議だったんです。どうしてなんでしょうねえ」

しばしの間、答えはなかった。

御師は拝殿《はいでん》から宝物館へ、相手と同じように視線を振り向けると、やがて低く乾いた声で言った。

「簡単なことだ。――師御霊剣が鹿島に渡れば、この国は滅びる」

高良は驚いたように彼を見た。

「そういう言い伝えですか？」

「事実だ」

短く言いきって、御師はじろりと高良に一瞥《いちべつ》くれた。

「その理由をおまえが知らされていないのなら、これ以上は聞くな。それぞれの神宮の神職ですら、今は知ることを許されてはおらぬ」

高良は口を結ぶと、素直に首をうなずかせた。

「余計なことを言ってすみませんでした。じゃあ、僕はこれで失礼します」

礼儀正しく頭をさげ、引き下がった部下を御師は見送る。その姿が視界から消えた時、ちょうどそばを通りかかった術者の一人を、呼び止めた。

「高良の経歴をもう一度調べなおせ」

命じられた相手は目を瞠《みは》る。かまわず、御師は指示を下《くだ》した。

「それと、高良の前の雇用主《こようぬし》であった政治家の失脚《しっきゃく》の経緯《けいい》についても、念入りに調べて報告するのだ」

ただし調査については宮内《くない》の他の者、特に上層の人間に知られぬようにせよと、御師は念を押した。

不審な色を見せながらも、とりあえず指示を理解して、術者は足早に歩き去る。今度はその後ろ姿に、御師は淡々とした目をむけた。

ここのところずっと身体の芯《しん》にわだかまっていた、薄寒いものが、憑《つ》き物《もの》が落ちたように消えてゆく。すでに御師は、宮内の禁忌《きんき》に踏み込むことを、覚悟していた。

2

「どっえええええぇぇぇ——っ!?」

朝っぱらから、聖の悲鳴が大音量で響き渡った。

時計を見ると七時半である。少し寝過ごしたと思いながら弓生がベッドの上で起き上がったとたん、ドタドタドタッと騒がしい足音とともに、部屋のドアが勢いよく開いた。

「大変やあぁ——っ、ユミちゃあぁぁぁんっ!」

「何だ、一体？」

いささか不機嫌に答えた弓生だが、駆け込んできた聖を一目見るなり、黙り込んだ。

「顔を洗おと思うて洗面所に行ったんやっ、それで鏡見たら、俺の目が、目が縦になっとるううぅぅ――っ」

「……正確には瞳孔《どうこう》が縦だな」

つまり何かというと、聖の目が異変をきたしていたのである。白目《しろめ》の部分が黄色に変わり、黒目はやや縦長に一本の線になっていた。

「いつから化け猫になった」

「冗談言うとる場合かいっ、ユミちゃんっ！　こら蛇やっ、蛇の目やっ。俺はついに夜刀《やと》に乗っ取られてしもたんやあぁぁ――っ！」

頭を抱え、聖は取り乱してわめきたてた。

「もうアカン、俺は妖怪蛇人間やっ、ビックリ人間大集合や――っ!!」

確かに、どんな奇人変人大会に出てもぶっちぎりで優勝であろう。

「中身はそのままのようだが」

弓生は冷ややかに指摘した。最初の驚きがすぎてしまえば、落ち着いたものである。長いつきあいで、相棒がパニックを起こした時にはどういう事態であっても必要以上に冷静になってしまうのだ。

聖は見るも情けない顔になった。

「俺はこれからどないしたらええんやあぁ——、こんな、こんなお天道様《てんとうさま》の下を歩けん身体になってしもて——っ」

今度は泣きが入っている。黄色い目から今にも涙をこぼさんばかりだ。

しかし、あらためてよく見ても、確かにそれは爬虫類《はちゅうるい》の目に間違いなかった。

弓生は深々と吐息をついた。

「……とにかく服を着替える。すぐに行くからおまえは部屋の外で待っていろ」


「前触れもなく、朝起きたらそうなっていたというわけか」

身繕《みづくろ》いをすませて、弓生はソファに腰を下ろした。

インスタントコーヒーの粉をといたカップをスプーンでかきまわしながら、聖はしょんぼりとうなずく。

「そういうたら、昨日はえらい寝苦しいてな。けったいな夢ばっか見よったわ」

「どんな夢だ？」

「蛇が団体さんでフレンチカンカン踊っとった」

「……。他に身体に変調はないか？」

弓生はあっさりと話題を変えた。

「わからん。俺、もしかしたら明日の朝には鱗《うろこ》がはえて脱皮《だっぴ》しとるかもしれへん」

悲嘆《ひたん》にくれて、聖はガックリと頭《こうべ》を垂れた。——とたん。

「……剣《つるぎ》を」

面《おもて》を伏せたその唇からいんいんと冷たく、乾いた声が漏《も》れた。

「剣を、取り戻せ」

「聖？」

呼びかけに返事はない。

息をつめた弓生の視線の先で、聖はゆっくりと顔をあげた。表情のない蛇の目が、瞬《まばた》きもせず弓生を見た。

ふたたび口元が動いて、言葉となった。

「わが同胞《はらから》の剣を取り戻せ」

聖の声だ。だが。

ふわり。

ソファに力なく身体をあずけた聖の身体を包んで、その瞬間に不穏《ふおん》な炎のような気が揺らぎあがったのを、弓生は見た。

空気がきしりと張りつめる。

（まさか）

一瞬の戦慄《せんりつ》のあとに弓生は表情を硬くした。

「夜刀か」

蛇神《じゃしん》が意識を乗っ取ったのか。

「何のつもりだ」

「この身はわが形代《かたしろ》なり。剣《つるぎ》を」

剣？

――剣を取り戻さねばならぬ。

以前に聞いたその言葉が脳裏《のうり》に重なって、弓生は唇を噛《か》む。疑問を抱くより先に確信していた。

「韴御霊剣か」

蛇の目はしんと動かない。空気も張りつめたまま。なのに熱のない炎はもろもろと、空間にあるものすべての輪郭《りんかく》をとろかしてゆく。

幻惑。

「地を震わす彼《か》の剣。天を弑《しい》する彼《か》の剣。――封じられた彼《か》の御霊《みたま》を」

聖の声が響く。関西弁でない相棒の言葉を聞くのは奇妙な感じだと、どこか意識のさめた部分で弓生は思っている。

しかし。封じられたというのは。

「おまえは……あの柿《かき》色の鬼を知っているのか。何か関係があるのか？」

視界が溶けてゆく。半《なか》ば腰を浮かせかけて、弓生は目眩《めまい》をおぼえた。

古《いにしえ》の蛇神《じゃしん》と、僧形《そうぎょう》の鬼。なぜ、両者ともが韴御霊剣にこだわる……？

「あの鬼は何者だ」

「あれは」

ふいに。

赤い光が射した。視界が一気に引き延ばされ、空間が際限なく広がる。建物の壁が失《う》せて空につながった。

山が見える。血を薄めたような紅《くれない》の空。

太陽が山際《やまぎわ》に没《ぼっ》しゆく、夕暮れの光景だ。

同じ光景を見たことがある。確か――。

(鹿島で、見た……)

あの、夢。

夜刀が告げた。

「あれは、その名も姿も持たぬ者」

声をあげようとして、喉元《のどもと》に塊《かたまり》がつまったような気がした。ぐらりと弓生の身体が大きく傾《かし》いだ。

反射的に伸ばした指先が何かにあたり、ガチャンと床に落ちた物の砕《くだ》ける音を耳の奥に聞いた。同時に、叫び声があがる。

「あーっ、ユミちゃん、どないしたんやっ？」

（聖――）

正気《しょうき》に戻ったのかと一瞬だけ思い、だがそれに応えるより先に、目の前に開いた深淵《しんえん》に吸い込まれるように弓生は意識を失った。

夕暮れの中に立っていた。

陽が暮れ落ちる刹那《せつな》の、もの凄《すさ》まじく哀しい赤の輝きに、世界は染められていた。

――誰が死んだのだろう。

眼下《がんか》を長い行列がゆく。寂々《じゃくじゃく》と声もなく、音もたてずに人々は、棺《ひつぎ》を担《かつ》いで死者を送る野辺《のべ》を歩いてゆく。

葬送《そうそう》に連なる人の数からいっても、なまなかな身分の人間ではないはずだ。

深い静寂《せいじゃく》があたりを覆《おお》っている。黄昏《たそがれ》の朧《おぼろ》にまぐれた葬列《そうれつ》は、どこか動きが緩慢《かんまん》で、幻影のように実体感に乏《とぼ》しい。

その光景から目を逸《そ》らし、彼は視線をさまよわせた。

すぐ傍《かたわ》ら、血の色をした大地に不吉《ふきつ》な影が落ちている。その影の主《ぬし》は異形《いぎょう》の柿色を身にまとい、塑像《そぞう》のごとき沈黙をたたえて、運ばれてゆく棺《ひつぎ》を眺めおろしていた。

深々と引き降ろした編笠《あみがさ》の陰から、ただ、凝視《み》つめている。

——見送っているのか。

惜しむのでも、嗤《わら》うのでもなく。

——誰を。

胸のうちに自問した時、突然、彼は自分がその答えを知っていることに気づいた。

あれは罪人《つみびと》の骸《むくろ》だ。

かつてみずからの宮を造るために神木《しんぼく》を伐《き》り倒し、大地を掘り返して石を積み、異国を攻めるために巨財《きょざい》を投じて兵を駆り集めた。飢《う》えた民と疲弊《ひへい》した大地。国土には疫病《えきびょう》が蔓延《まんえん》し、夜な夜な怪火《かいび》が舞ったという。その恐れと嗟嘆《きたん》と恨《うら》みを一身に背負った者。

——天皇という名の。

葬送《そうそう》の列が、その時ふいに動きをとめる。

畏怖《いふ》をたたえた目がいっせいに、高みにある異形《いぎょう》を見上げた。

秋七月《あきふみづき》の甲午《きのえうま》の朔《ついたちのひ》に、天皇《すめらみこと》、朝倉宮《あさくらのみや》に崩《かむあが》りましぬ。

八月《はつき》の甲子《きのえね》の朔に、皇太子《ひつぎのみこ》、天皇の喪《みも》を奉《いま》つりて、還《かえ》りて磐瀬宮《いわせのみや》に至る。この夕《よい》に、朝《あさ》倉山《くらのやま》の上に、鬼ありて、大笠《おおかさ》を着て、喪の儀《よそおい》を臨《のぞ》み視《み》る。——衆皆《ひとびとみな》、嗟怪《あやし》ぶ。

3

目を開けると、ソファに横たわっていた。身体には毛布が掛けられている。

「あ、ユミちゃん。目ぇさめたんかっ？」

上半身を起こすと、聖が頓狂《とんきょう》な声をあげてすっ飛んできた。弓生の傍《かたわ》らでのぞき込むように身を屈《かが》め、露骨《ろこつ》に心配そうな顔を見せた。

「平気か？　どっかおかしなとこないか？」

「俺は……眠っていたのか」

うんうんと、聖はようやくホッとした顔で首をうなずかせた。

「揺すっても呼んでも起きへんから、どないなったかと思うたで」

弓生は軽く頭を振ってから、相棒の顔をあらためて眺めた。

「おまえ……目が」

先ほどの騒ぎが嘘のように、聖の目は元通り、人間のそれに戻っている。

聖は頭をかくと、けろりと笑った。

「ユミちゃんがぶっ倒れたの見てビックリしたら、あっという間に蛇の目が治ってしもたわ。人騒がせもええとこや」

誰がだ、と口に出かけたのをこらえて、弓生は素っ気《そけ》なく言った。

「おまえは俺との会話の途中で、夜刀に意識を乗っ取られたんだぞ。自覚はあるのか？」

「んー、それがな。なんや夜刀が勝手にしゃべっとるな、とは思うたんやけど……」

それで自覚しないところが謎《なぞ》である。しいて言えば、咳《せき》をしようがクシャミをしようが、熱を出そうが、自分が風邪《かぜ》をひいたといつまでもお気楽に気づかないのが、このタイプのヤツだ。

弓生は吐息をついてから、表情を引き締めた。

もうひとつ、呑気《のんき》を絵に描《か》いたような顔を視界に捉えて、毛布を脇に押しやる。外れていたシャツの襟元《えりもと》のボタンをきちんとかけて——おそらく倒れた時に、聖が気をきかせて胸元を緩《ゆる》めたのだろう——ソファに座り直した。

来たばかりだったのか、コートを腕に抱えて控えめに隅《すみ》に立っていた高良は、弓生に会《え》釈《しゃく》した。

「戸倉《とくら》さんから連絡をもらって、慌《あわ》てて駆けつけてきたんですけど。……あまり大事じゃなかったようで、よかったです」

「どこがや。俺は蛇になりかけたんやでっ、大事やないかっ」

なぜだか聖は胸を張る。

「まあ、蛇目《へびめ》は災難でしたたねえ」

「ちゃんと見えとるぶん、おまえの線目《せんめ》よりマシや」

「……僕だって一応見えてます」

弓生は時計を見て、顔をしかめた。

倒れてから二時間は経っている。本人の感覚としては五分か十分、眠ったとしてもそんなものと思っていたのだが、考えてみれば聖に呼び出された高良がここに到着するくらいの時間は過ぎていたのだ。

そうして夢を見た。

その夢も、これで二度目になる。

「結局のところ、一体何があったんです？」

どうして、倒れたのが夜刀が憑《つ》いた戸倉さんじゃなくて志島《しじま》さんのほうだったんでしょう、と高良は首を傾《かし》げる。

「あの柿《かき》色の鬼に呼ばれた。……おそらく、呼ばれたのだと思う」

「え？」

どういう意味かと俄然《がぜん》身を乗り出した高良を、弓生は冷ややかに一瞥《いちべつ》した。

迷いもなく、言った。

「あの鬼は阿倍仲麻呂《あべのなかまろ》じゃない」

思い出した。

夢の中で彼は、あの異形《いぎよう》に問いかけたのだ。

あなたもかつては人であったのか、と。

──否《いな》。

深い編笠《あみがさ》の陰から答えは放たれた。

──人に非《あら》ず。

「つまり人から変化《へんげ》した鬼ではないってことですか。だったら確かに阿倍仲麻呂の線は消えますよね」

夢の内容を聞いて、高良は考え込んだようだ。

鬼と一口に言っても、必ずしもそのすべてが人間から姿を変えたものとはかぎらない。自然界の気が悪《あ》しきモノへとかたちを変えた魑魅魍魎《ちみもうりよう》、動物霊や植物霊の変化、神と対《つい》なす魔を鬼と表現することもある。

遣唐使《けんとうし》として海を渡った男は、二度と故国に戻れなかった。その望郷の念ゆえに鬼となったなら、阿倍仲麻呂もまた弓生や聖と同じ鬼──人鬼《じんき》である。

「夕暮れに葬儀《そうぎ》の列を見送る鬼ですか。──どこかで聞いたような気がします」

「日本書紀だ」

弓生はうなずいた。髪を掻《か》きあげるようにして、顔を撫《な》でる。最初にその夢を見た時点で気づいてもよかったはずだ、という思い。同時になおも信じがたいという気持ちが胸の中で錯綜《さくそう》する。

夢の内容が真実だとしたら――あの鬼は。

「斉明紀《さいめいき》にその記述がある。曰《いわ》く、天皇が崩御《ほうぎょ》した時、山の上に大笠《おおがさ》をかぶった鬼が立ち、その葬列《そうれつ》を見送ったと」

ちょっと間《ま》をおいて、ああ、と高良は声をあげた。

「斉明天皇。在位は七世紀、飛鳥《あすか》時代ですね。大化《たいか》の改新をはさんで史上初の重祚《ちょうそ》をした女帝です」

さすが皇室の系譜《けいふ》には詳しい。

重祚てなんや、と聖が首をひねる。

「二度、天皇として即位したということですよ。当時は確か聖徳太子《しょうとくたいし》の子孫である上宮王家《じょうぐうおうけ》が滅亡したり、蘇我《そが》氏が滅亡したりといろいろ不穏《ふおん》な時代だったはずです。そんな時に女性が二度までも皇位に即《つ》いたというのは、政権争いの果てに実質的な権力者たちによって単純に利用されていたということじゃないでしょうか」

だが飛鳥時代の動乱期、皇位をめぐる争いのただ中にあって、次の天皇の即位までのつなぎでしかなかったはずの女帝は、みずから権力を掌握《しょうあく》し「狂心《たぶれこころ》」と評されるほどの酷政《こくせい》を民に強《し》いるようになる。

大がかりな土木工事を繰り返し、大地を掘り返しては石を積んで丘とした。その際、夫役《ぶやく》として駆り出された民はのべ十万にもおよぶという。朝鮮半島に干渉《かんしよう》するために全国から兵を集めて大軍団をしつらえ、その公糧《こうりよう》をまかなうために倉をつくって民から税を取りたてた。

国を思わなかったわけではないだろう。朝鮮半島の政情が緊迫した時代、その背後には大国、唐《とう》がいる。一刻も早くこの国を強国たらしめんと焦《あせ》った結果だという声も、後世にはある。

だが夫役に兵役《へいえき》に働き手をとられ、その上に過酷《かこく》な徴税《ちようぜい》に苦しめられた民にとって、それは怨《うら》みの所業《しよぎよう》でしかなかった。

やがて朝鮮出兵《しゆつぺい》のためにみずから九州へと赴《おもむ》いた女帝は、そこに宮を造らせるために神域である朝倉山《あさくらやま》の木までも伐《き》り倒した。ところが宮は落雷によって燃え、天皇もまた直後に急死するのである。

斉明天皇六十八歳。老女帝の死は、天罰《てんばつ》とも祟《たた》りによるものだとも人々は噂《うわさ》した。

——その葬儀《そうぎ》が行われた夕暮れに、朝倉山にあらわれた鬼の姿を人々は見ている。鬼は大《おお》笠《がさ》をかぶってその縁《へり》を深くおろし、何も語ることなく女帝の骸《むくろ》が運ばれてゆくのを凝視《ぎようし》していたという。

「それが、史上もっとも古い鬼についての記述だったはずだ」

この国の人間が初めて鬼を鬼として認識し、恐怖の対象であることを知った時の。

「しかし、大化の改新の頃から数えてざっと千三百五十年も昔の話ですよ。そんなものが今、この時代にまたあらわれたと言うんですか」

弓生の言葉に、高良はおぼつかなげに応じた。

「それが本当なら、我々は史書に残る歴代の鬼の元祖《がんそ》を、実際にこの目で見たということになります。——そのことを知らせるために志島さんにわざわざそんな光景を夢で見せたんでしょうか？」

「わからんな、自分の正体を告げたかったのかどうかは。だが少なくとも、あの鬼は陰陽《おんみよう》道家《どうけ》の安倍《あべ》氏とは無関係だ」

「けど、それやったらなんで天狗《てんぐ》は『本家』にちょっかいかけてくるんやろ」

聖が大きく首を傾《かし》げた。

「その鬼が阿倍仲麻呂やていうんやったら、羅睺《らごう》を封じる術も知っとるわけやし、その血をひいとる『本家』と手ぇ組んで自分ら攻撃してきたらまずいて思うのは筋やろ。けど仲麻呂と関係ないんやったら、あいつら、『本家』にかまけとる場合やないんとちゃうやろか」

あきらかに自分たちを阻《はば》もうとしている敵が、別に存在していることを知っているのなら。

「そうですね。こうなると天狗が『本家』にこだわる理由というのがわからなくなります」

高良は細い目をいっそう細めた。

もともとこの男は、柿色《かき》の異形《いぎょう》＝阿倍仲麻呂説にたいして興味を示していなかったが、両者がはっきりと別物だとわかれば、それはそれで疑問が生じる。

「もしかしてあいつらも、その鬼が阿倍仲麻呂やて思い込んどるだけとちゃう？」

「それはないですよ。サングラスをかけた天狗《てんぐ》の口振りでは、彼らは最初からあの鬼の正体を知っていたみたいですから」

「庄間《しょうま》が？」

「あなた方が鹿島から逃げたあと、彼と会ってさんざん脅《おど》されました」

庄間は言ったのだ。――あの鬼の正体を早く見極《みきわ》めろ、人間が太刀《たち》打《う》ちできる相手ではない、と。

「そのあと上司に、問題の鬼の存在がバレて、誤魔化《ごまか》すのに一苦労でしたよ」

「なるほど、やはり奴にはすべてお見通しだということか」

弓生の声は冷ややかだ。あの天狗のことを考えれば、怒りと嫌悪で胸がざわつく。庄間にとっては彼や聖もまたゲームの駒《こま》にすぎない。『本家』の鬼が人に追われることになったこの事態は、さぞかしあの男を楽しませていることだろう。

「何にせよ、羅睺《らごう》が阿倍仲麻呂を恐れていることだけは、事実です。どうしてなんでしょう」

高良はまた、考え込むような顔をした。

「それとわからないのは、なぜ夜刀がまるで志島さんとその鬼を引き合わせるみたいにしてそんな夢を見せたかということですよね。あの柿色の鬼と夜刀神《やとのかみ》が知り合いだったとは知りませんでした」

「ご近所づきあいでもしとったんとちゃうか？」と聖。

「だって戸倉さん、斉明紀の鬼があらわれたという朝倉山は九州ですよ。茨城出身の夜刀神と近所づきあいは無理です」

「問題は夜刀神までがなぜ師御霊剣に関わるかだ。――剣については何かわかったのか？」

弓生は高良に視線を据《す》えた。

星見《ほしみ》の術者は、困ったように首をすくめる。

「それについてはまだ、何とも……。でもまあ、いわく因縁《いんねん》は確かにあるようですよ。なんでも、師御霊剣が鹿島にもたらされればこの国は滅びるとかで、冗談でなく石上神宮から出す気はないようです」

「国が滅びる？　師御霊剣は国土を鎮《しず》めて平定《へいてい》する剣じゃなかったのか」

「そのはずなんですけどねえ。今、探りをいれている最中なんですけど、どうも宮内の別系統での極秘《ごくひ》事項らしくて。裏を返せばそれだけ信憑《しんぴょう》性があるってことです」

弓生は眉《まゆ》をひそめた。

夜刀は師御霊剣について何と言っていた？

(天を弑《しい》する彼《か》の剣《つるぎ》)

(——封じられた彼《か》の御霊《みたま》)

伝え聞く剣の由来とは裏腹に、その言葉には何か凶々《まがまが》しい響きすらある。

「それにしてもまた、どえらい鬼が出てきたもんやな。そんな昔々のヤツやったら、俺らとレベル違いすぎるわ。なんでまたそんなもんが、わざわざ今頃になって甦《よみがえ》ってきたんやろ?」

座った格好のまま、膝《ひざ》で頬杖《ほおづえ》をついて、聖は目を瞬《しばた》かせた。

遅ればせながら、とんでもないものが出現したという思いをしみじみと実感しているらしい。

「ええ。もし本当ならです。あの鬼は一体、何のために羅喉《らごう》と敵対しようとしているんでしようねぇ」

聖に同意してみせてから、高良は冷めた声で小さく呟《つぶや》いた。

「何にせよ、天皇を祟《たた》り殺した鬼という点で不穏《ふおん》です」

束《つか》の間《ま》、誰もが自分の考えにふけるような重苦しい沈黙が訪れたのちに、高良は聖にむかって笑いかけた。

「ところで戸倉さん、すいませんけど何か飲むものをいただけませんか。実は急いで来たので、喉《のど》がカラカラで」

「――ん、ええで。コーヒーか茶か、それとも他のもんがええんか」

「ああ、何でもけっこうですから」

聖が調理場に姿を消したのを見計らって、弓生は硬い視線を高良に投げた。

「何だ？」

聖に場を外させようとした術者の魂胆《こんたん》を、即座に見抜いている。

高良のほうも、相手の問いかけに動じたふうもなく、

「はい。――実はこれなんですけど」

背広のポケットから携帯電話を取り出した。

以前に弓生から没収《ぼっしゅう》したものである。

「処分する前に受信地を攪乱《かくらん》しようと思って、持ち歩いていたんですけどね。昨日、電源をいれたら留守番サービスに伝言が入っていました」

弓生に携帯を差し出す。

「どうぞ。志島さんあてです」

無言で受け取り、メッセージの再生ボタンを押して耳にあててから、弓生はすっと表情を蠟《ろう》のように固めた。

『弓生』

（……三吾？）

これまでにさんざん聞き慣れているその声は、どこか原稿を棒読みしているように抑揚《よくよう》を欠いて、ぎこちない響きがあった。

『今度のことで、御景がおまえたちの敵に回った。眞巳は中央と結託《けったく》しておまえたちを追うつもりだ。そのことで、そのことで、会って話したいことがある。明日の夜、十時に俺たちが初めて会った公園で待っている。来られるなら来てくれ。覚えているだろ、成樹《なるき》の家の近くの公園だ。俺は必ず一人で行く。二人ともが無理なら、どちらかだけでもかまわない』

わずかにそのあと、間《ま》があって。

『待っている』

弓生は携帯を摑《つか》んだ手を下ろした。

それを見ていた高良は、聖がいる調理場のドアをちらと一瞥《いちべつ》してから、おっとりと表情もかえずに言った。

「つまり、今晩てことですけど。――どうします？」

4

アパートを出たとたん、背後に気配を感じた。

(このクソ寒い中、ご苦労なこったぜ)

三吾は手の中に握り込んでいた車のキーを上着のポケットにしまうと、軽く舌打ちした。駐車場に向かうつもりだったが方角を変え、すぐ脇の小路《こうじ》に入った。

夜の八時過ぎ、街灯《がいとう》もないような細い裏道はどっぷりと暗い。年末には住人が帰郷でもしていて留守なのか、道の両脇の家々に明かりが点《とも》っていないので、なおさらだ。

足早に奥に進んで角《かど》を折れ、さらに交差する別の道に飛び込むと、三吾は古ぼけたジュースの自販機の陰に身を潜《ひそ》めて自分の気配を絶った。

ほどなく、先ほどの気配が追ってきた。三吾を見失って狼狽《ろうばい》したのか、足音を忍ばせていても歩調がやや乱れているのがわかる。

(術者にしちゃ、うかつだな)

相手が自販機の前を行き過ぎようとした瞬間に、三吾はその目前に立ちふさがった。一瞬の対応に遅れた御景の術者の襟首《えりくび》を摑み、身体をいれかえて背中からコンクリートの塀《へい》に叩きつけた。

「兄貴の差《さ》し金《がね》かよ。俺を見張ってたってわけか」

驚きと苦痛で相手は小さく息を呑《の》む。それを今度は襟を摑んだまま乱暴に引き寄せ、自販機のわずかな明かりで顔を見れば、まだ若い。三吾よりは年上だろうが、御景の家人《かじん》たちの年齢層を考えれば、明らかに若手だ。それだけ経験も乏《とぼ》しいということだろう。

（こんな下《した》っ端《ぱ》に尾《つ》けさせやがって）

今度はあからさまに舌打ちした。

先日、東京駅まで尾行してきた人間とは別人だろうが、それでも十分注意していればこの程度の相手の気配くらい事前に察知できたはずだと思うと、自分を呪いたくなる。

「兄貴に言っとけ。遠野《とおの》にあの二人を逃がすって話はなしだ」

ごく間近から術者を睨《にら》みつけ、三吾は声を凄《すご》ませた。

「それと、これも伝えとけ。——兄貴の言うとおり、次期当主の務めってやつぁこれからきっちり果たしてやる。だからこんな姑息《こそく》な真似《まね》はやめとけってな。この次、俺を尾けまわすようなことをしたら、たとえ御景の家人《かじん》でも容赦《ようしゃ》はしねえ。見つけ次第、骨の二、三本は叩き折ってやる」

身を竦《すく》ませた相手を突き放し、三吾はいっそう声を強めた。

「わかったら俺の前から失《う》せやがれ！」

吐き捨てて、踵《きびす》を返す。

そのまま駐車場を目指して歩き出したが、気配はもう追ってはこなかった。

公園の前に車を停《と》め、万が一のために敷地に人除《ひとよ》けの術を施《ほどこ》してから時計を見ると、それでも約束の時刻には十分ばかり早かった。

三吾はベンチのひとつに腰を下ろし、敷地のところどころを照らす照明灯の冷たい水銀色の光を眺めた。

広い公園だ。子供の遊び場というよりも、付近の住民の散策の場としてつくられた趣《おもむき》がある。街中《まちなか》とは思えぬほど豊かな自然が造作《ぞうさく》されていて、朝方や昼間にはおそらく、整備された遊歩道を犬の散歩やジョギングをする人々が行き交うのだろう。

だが今、公園内に人気《ひとけ》はない。冷え凍った夜気《やき》は、照明が侘《わ》びしく灯《とも》る場所以外、闇の色に塗り込まれていた。人払いをしたせいというよりも、真冬のこんな時間、こんな場所を散歩するような酔狂《すいきょう》な人間がいるはずもない。

――この公園だった。

そしてやはり、今みたいに寒い時期だった。彼が『本家』の鬼と初めて出会ったのは。

成樹が持つ四天鬼《してんき》の力を試すために、達彦が仕掛けた罠《わな》。鬼という存在に興味をそそられて成樹と関わった、その三吾の前に弓生があらわれたのだ。

最初の印象は何だっただろう。

研《と》ぎ澄まされた刃《やいば》のように端正《たんせい》で、怜悧《れいり》で、危険な相手だと思った。周囲の一切を拒絶《きょぜつ》するような硬質な空気を身にまとい、漆黒《しっこく》の色した目を静かに、瞬《まばた》きもせずに向けてきた。

全身が総毛立ったのを覚えている。

綺麗《きれい》だと思い、恐ろしいと思い、――そしてそれは、脆《もろ》い精神の均衡《きんこう》の上に成り立った、その鬼の危うい強さであることを、あとになって知った。

少し風が出てきたようだ。

三吾は上着のポケットから、来る途中で買った缶ビールを取り出した。プルトップを引き開け、口に持っていったとたん、背後で声がした。

「この寒いのにビールか」

三吾は弾《はじ》かれたように振り返った。

鬼が、立っていた。

ベンチの後ろの木立、その樹木の一本に軽く手をつく格好で、黒装束《くろしょうぞく》の鬼が彼を見ていた。

闇よりも濃い漆黒《しっこく》の瞳、折から吹き抜けた風に長い黒髪がひるがえる。その額には、水銀色の光を映して冴《さ》え凍る、二本の角――。

一瞬の幻影。

思わず目を瞬《またた》かせると、鬼の姿はかき消えた。かわりに見知った男がそこに立っている。黒衣に見えたのは黒いロングコートか。女のように長い髪も、もちろん額の角も幻《まぼろし》だったか。

「どうした。キツネにつままれたような顔をして」

三吾を見つめたまま、弓生は小さく眉《まゆ》をしかめる。

それで、呪縛《じゅばく》が解《と》けた。

「……今、ほんまもんの鬼を見た」

「俺は本物の鬼だが？」

冷ややかな応えに苦笑すると、三吾はビールを一口すすった。口元を手の甲で拭《ぬぐ》って、缶を軽くさし上げた。

「こないだ、酒でみっともねえことになっちまってな。ビールならまあ、いいだろう」

「まるでアル中のセリフだな」

確かに最近、酒の量が増えたと三吾は思う。

「こんな時に素面《しらふ》でやってられるほど、俺の神経は頑丈《がんじょう》にできてねぇんだよ」

軽口めかして言ってから、ふと口調を真面目《まじめ》にした。

「もしかしたら……いや、多分、来ないんじゃないかと思ってた。メッセージを吹き込んでも、そっちが必ず聞くって保証はなかったしな。――おまえ一人か？」

弓生はついと足を進めると、ベンチに腰かけたままの三吾の傍《かたわ》らに、静かに立った。

「聖は置いてきた。万が一のことがないとは言えない」

「罠《わな》かもしれねえってか？」

「その可能性が絶対になかったわけではないからな」

まいったな、と三吾は呟《つぶや》き、寂しく笑った。

「……俺は一人で来るって言ったはずだぜ？」

鹿島でのことはとっくに『本家』にも伝わっている。すべてを知って三吾がここで待っていたことを、弓生は心得ている。

そして、この鬼は思うのだろう。——自分たちに残されたものは、もうないのだと。

信頼だとか友情だとか、そんなものはもう何も、意味をもたないのだと。

弓生の口調は、普段のガードに守られた拒絶《きょぜつ》ですらない。どこか諦《あきら》めに似たようなものを感じさせて、それが寂しかった。

闇色の瞳を見上げ、三吾は我ながら淡々と言葉を継いだ。

「元気そうだな」

「ああ」

「今、どうしてるんだ？」

「逃亡先がある。そこに身を隠している」

そうかとうなずいて、三吾はまたビールを口に運んだ。苦いばかりで味など感じない。とうてい酔えそうもない。

「おまえらがどこまで知ってるかは、わからねえが。この一件での処分をめぐって、『本家』は目下《もっか》、分裂状態だ。神島はおまえらを庇護《ひご》する方針だが、達彦としちゃあ、ここで何がなんでもおまえらを手中《しゅちゅう》にして次の鬼つかいの座をって魂胆《こんたん》だろ。秋川は中立だ。おまえらとは今後関わらないと言ったらしい。で、御景は……電話でも言ったがな、神島と対抗して、おまえらを排除する方針を選んだ。中央に協力すれば、これまで神島が独占していた中央との交渉権を手に入れるいい機会にもなるってこった」

三吾はちらと相手の表情をうかがったが、弓生は毛の先ほども感情を面《おもて》に出さなかった。

「……まあ、おまえらが身を守るための唯一《ゆいいつ》の手段は、神島に逃げ込むことだろうがな」

「そのつもりはない」

「べつに達彦に助けを求めろって言ってるわけじゃねえよ。神島には、あのバアさんだっているだろ」

「神島桐子《とうこ》はすでにこの界とは縁を切った人間だ」

『本家』を頼るつもりはないと、言いきった。

そうして弓生は、口の端に小さく笑みを刷《は》く。

突然の表情の変化に、三吾は戸惑った。それはぞっとするほどに冷淡な微笑——いや、冷笑だ。

鬼は、言った。

「御景がその方針なら、俺たちを捕らえるか殺すかする以外に、おまえが俺たちと関わる必要はない」

「——」

その一言に臓腑《ぞうふ》を抉《えぐ》られたような気がした。

三吾は相手を凝視《ぎょうし》する。

会って尋ねたいことはいろいろあった。言いたいこともいろいろあったはずだ。だが。

一瞬に、そのすべてが頭の中から消え失《う》せた。

――関わる必要はない。

自分たちにとっての、敵なのだと。

千の言葉万の言葉を連ねたとしても、それが、ただひとつの真実。

「ああ」

低く、三吾は呟《つぶや》いた。舌が粘《ねば》りついたようにぎこちなく。

「そっちから先に、引導《いんどう》を渡されるとは思わなかったぜ」

「こんなことは初めてではないからな」

弓生の口元から笑みが消えた。

「『本家』の人間は多かれ少なかれ、選ばなければならない時がある。本人の感情や思想とは無関係にだ。そんな人間なら、これまでも大勢いた」

誰かの生や命よりも重い、家という責務を負って。本人の想いとは裏腹に変わってゆくことを選ばざるをえなかった者たち。

長い間『本家』に仕え、そんな数多《あまた》の者たちを、弓生は見てきた。

だから、こんなことは三吾が初めてではない。――そしてきっと、たいしたことではない。

たのは。
いつからだろう。使役《しえき》であること以上のものを、『本家』の人間に求めるようになってい
ただ愚かにも、自分は忘れていたのだと、弓生は思う。

――得られるはずのなかったものを。

三吾は飲み干したビールの缶をぼんやりと見やってから、ベンチの上に置いた。

「……神島の屋敷が燃えた時にな」

やがて、まるで脈絡《みゃくらく》のないことのように、視線を宙に据《す》えて口を開いた。

「あの時の達彦を見てて、俺なりにいろいろと思うところもあったわけよ。あんなふうには
なりたかねえとか、なんであそこまで意固地《いこじ》に他人を拒《こば》まなきゃならねえんだとか。憐《あわ》れみ
すら感じちまった。けどな、それといっしょに俺は、心のどこかであいつをいっそ見事だと
も思ったんだ」

少なくともあの男は、神島という家を守るために、自分を含めてどんな代償《だいしょう》を払うこと
も厭《いと》わなかった。

「考えてみりゃ俺は、これまでただ逃げてただけだった。御景から逃げ、兄貴から逃げて、
当主を継ぐと言ってからもその責任から逃げていた。兄貴を犠牲にしてそれを負《お》い目《め》だなん
て言いながら、そのことと真っ向から向き合うことを避けていたんだ。家を負うことがどん
なことかなんて、本当は何も考えちゃいなかった」

弓生は無言だった。三吾はベンチから立ち上がると、その目の高さで正面から弓生の顔を見た。

「今度のことは眞巳が決めた。俺には見ているだけでいいと言った。俺が直接、『本家』の使役《しえき》に手を下《くだ》す必要はねえってわけだ。——だが、俺は前におまえらに約束したことがある」

そう。約束したのだ。

「もしいつか、おまえらを傷つけなきゃならねえ時がくるのなら、その時には俺がやる。他の誰にもやらせやしねえ、必ず、俺がこの手でやってやるってな」

もしも弓生や聖が血を流すのなら、彼らのために三吾ができることは、せめて同じ痛みを受け入れることだけだ。

弓生はわずかに目を見開いた。ほんの一瞬、苦痛にも似た色が三吾にむけた眼差《まなざ》しに浮かんで、消えた。

だが次に口を開いた時には、その声音《こわね》はすでに何の感情も含んではいない。

「——例の凶星《きようせい》と敵対しようとしている鬼のことだが、奴は阿倍仲麻呂ではなかった。『本家』とは縁もゆかりもない鬼だ」

「え？」

唐突《とうとつ》な言葉に、相手が何を言い出したのかわからず、三吾は呆気《あつけ》にとられた。

「その鬼ってのは、あれか……確か、編笠《あみがさ》をかぶってて、羅喉《らごう》に匹敵《ひってき》する力を持つとかいう」

おぼつかなく言って、戸惑ったように髪をかきあげる。

「阿倍仲麻呂じゃない？　だけど達彦を狙った時に天狗《てんぐ》が言ってたのは――」

当然ながら彼もまた、それではなぜ羅喉が『本家』を標的《ひょうてき》にしたかという疑問にいきつく。

仲麻呂がおのれと敵対する存在であるからこそ、その血をひく『本家』を排除しようとしたのではないのか。

――彼《か》の鬼の血に連なる者を殺せ、と。

「何か別の理由で、羅喉は阿倍仲麻呂を恐れているらしいな」

「……だったら、問題の鬼のほうの正体は何なんだ？」

「天皇を呪い殺した鬼だ。その意味では中央にとっては敵にしかならんものさ」

ふたたび、先ほどの冷笑に似たものが口調に滲《にじ》んだ。表情だけはかえず、弓生はゆるりと背後に退《さ》がった。三吾との距離をはかるように。

「弓生？」

「あの鬼は剣を欲《ほっ》している。凶星と対抗するために必要らしい。――だが奴が剣を手にした時、この国は滅びるそうだ」

「な……⁉　どういう意味だ、そりゃ？　その剣ってのは」

三吾の問いかけを無視して、弓生はさらに一歩、退く。

静かに、その言葉を吐いた。

「俺はあの鬼のために、剣を手に入れる」

「――――！」

弓生の瞳がその瞬間に、うっすらと白い輝きを宿した。みずから光を発して、鬼の目が闇に燃えた。

三吾は愕然《がくぜん》と彼を見た。すでに手の届かない距離にまで離れてしまった相手を。

「あの鬼のため……？　何を……言ってやがる。なんでそんな……」

「俺も鬼だからだ」

いっそう冷たく笑いを含んで、声が返る。

「弓生っ⁉」

「『本家』としては見過ごしにできることではないだろう。これでおまえが俺を追う正当な理由はできたな」

当主を継ぐ者としての責務。交わされた約束。そんなものはもういい。――――そんな理由はいらない。

あの柿《かき》色の異形《いぎよう》が凶星《きようせい》と同じく災禍《さいか》をもたらすものであり、二人の鬼がそれに加担《かたん》するというのならば、互いが戦う理由は成立する。

その意味だと知って三吾は大きく目を見開いた。

弓生のコートの裾《すそ》が風にひるがえった。黒衣の鬼の幻影が、その姿に重なった。

――鬼は、人と相容《あいい》れることはない。

「弓生……！」

その瞬間。白光《びゃっこう》が閃《ひらめ》き、三吾の視界を灼《や》いた。

ぶわっ。

空《くう》を裂《さ》くように薙《な》いだ弓生の腕から放たれた光条《こうじょう》が、白炎《はくえん》の帳《とばり》となって三吾の周囲に揺らぎ上がった。

「……っ」

反射的に護身《ごしん》結界を巡《めぐ》らせ、地面に片膝《かたひざ》ついて三吾は衝撃をこらえる。

「言っておくが、追ってくるなら容赦《ようしゃ》はしない」

その声に、顔をあげた。輝きの余韻《よいん》を残して夜気《やき》はふたたび闇と化す。その闇に佇《たたず》む鬼の、いんいんと妖《あや》しく光る目を見た。

これまでは常に味方として傍《かたわ》らにあった、その鬼の異形たる力を秘めた目を、初めて正面から見た。

「それとも今ここで決着をつけるか？」

三吾は歯を食いしばって立ち上がった。弓生に視線を据《す》えたまま。

ああ、そうかと、思った。

拒《こば》まれるより先に拒むのだ。切り捨てられるより先に、すべてを自分の手で捨て去ってしまう。潔《いさぎよ》いというよりも、それはこの鬼の、哀しい防衛本能だ。

――そんなことも今はもう、理解できるのに。

やがて三吾は顎《あご》をひいた。

「……そうだな。どうせ、早いか遅いかの違いだ」

乾いた声で、言った。

どのみち三吾にも選択肢《し》などありはしない。

「臨兵闘者皆陣裂在前《りんぴょうとうしゃかいじんれつざいぜん》！」

刀印《とういん》で九字《くじ》を切る。

続いて結んだのは、伸ばした両手の指先を合わせた金剛四方印《こんごうしほういん》。

「オンキリキリ　バサラ　バサリ　ブリツ　マンダマンダ　ウンパッタ！」

三吾の全身から霊気が吹き上がった。

対して弓生は片腕を空に差し上げる。白炎《はくえん》の気がその手の先に絡《から》みついた。

「ナウモ　サンマンタ　バサラダン　オンキリク――」

大気が弦《げん》を激しく掻《か》き鳴らすがごとくに乱れて、甲高《かんだか》く震える。

闇が緊迫した。二つの気が膨《ふく》れ上がり、せめぎ合う。攻撃に転じるための真言《しんごん》を紡《つむ》ぎながら、三吾が身構えた——その時。

声が響いた。

場違いにのんびりした口調で。

「申し訳ありませんけど、そこまでにしてください」


真言が途切れる。空間に張りつめた霊気が、一瞬にして萎《な》えた。

三吾はぎょっとして、声のした方角を振り返った。

「……高良？」

遊歩道わきの木立から姿をあらわした相手を見て、呆気《あっけ》にとられる。

「なんでてめえが……!?」

それには応じず、いかにも寒そうに首を縮め、ダッフルコートのポケットに手をつっこんだ格好で、高良は弓生に声をかけた。

「無茶しないでくださいよ。あなたや戸倉さんの身に何かあったら困ります」

その身を包んでいた雷光《らいこう》の気はすでに消えている。弓生は漆黒《しっこく》に戻った目を、無言で高良にむけた。

「弓生？」

三吾は混乱する。なぜ、中央の人間がここにいる？

「……一体、いつからいやがった」

「最初からですよ。隠れてあなた方を見ていました」

ようやく三吾に視線をむけると、高良はニコリとした。

「もちろん、志島さんの了解は得ています」

驚いて弓生を見たが、鬼は研《と》いだような無表情のまま、反応しない。

高良は軽く弓生にむかってうなずいてみせた。

「もういいでしょう、志島さん。——先に車に戻っていてください」

「な……、てめえ、何を……！」

一人で事情に通じているふうな高良の口振りに、思わずカッとなって詰め寄ろうとした三吾だが、次の瞬間、その動きが凍りついた。

「動かないでください」

童顔にも見える顔に笑みを浮かべたまま、高良はダッフルコートのポケットから手を抜き出した。

その手に、拳銃が握られている。

シグ・ザウエルＰ２３０。

スイスで開発された軽量小型拳銃だ。ポケッタブルであるため、日本でもＳＰや私服捜査官の携帯用としてテスト採用されているものである。

高良は手慣れた動作で、三吾に銃口をむけた。危なげないその構えを見れば、この男がそれなりに銃の扱い方を心得ていることがわかる。

そうしてから高良は促すように、

「志島さん？」

相変わらず緊張感のない口調であったが、まるでそれが抗《あらが》えない指示であるかのように、弓生は黙々《もくもく》とその言葉に従った。高良から視線を逸《そ》らし、三吾を一瞥《いちべつ》すると、踵《きびす》を返した。

「おい、待て、……弓生！」

夜の闇に消えてゆく鬼をとっさに追おうとした三吾の耳に、カチリという金属音が響いた。銃の撃鉄《げきてつ》を起こした音。警告に、三吾の動作がふたたび止まる。

「動かないでと言ったはずです。これでも人を殺したことくらいあるんですよ」

「てめ……、何のつもりだ、ええっ？」

高良を睨《にら》みつけて、三吾は歯ぎしりした。

銃を向けられているという事実が信じがたく、何か悪い夢か冗談のような気がする。

「あの二人の鬼はまだ必要なんです。『本家』に引き渡すわけにはいかないものですから」

左手でポケットを探ると、高良は弓生の携帯電話を取り出した。

悪意のかけらもない声で言う。

「気をつけたほうがいいですよ。こういうものは、必ずしも本人が聞くとはかぎりません」

「――！」

愕然《がくぜん》と目を見開いた三吾の前で、高良は携帯を地面に落とすと、靴《くつ》の踵《かかと》で踏みつけた。壊れたそれを横に蹴《け》り捨てる。

三吾は肩を震わせると、カッと声を荒げた。

「ふざけんな。なんでてめえが、あいつらと一緒にいる？」

「今のところは、僕が彼らを保護しているからです」

「――まさか。中央が!?」

ぎょっと身を乗り出した三吾に対し、高良はあっさりと否定した。

「違いますよ。中央の人間は関係ありません。僕個人の判断です」

それは……どういう意味だ？

「中央はあの二人を捜してるんだろうがっ？　それを、てめえは仲間に無断であいつらを逃がして匿《かくま》ったってのかっ」

「言ったでしょう。彼らはこの先、必要なんです」

相手を凝視《ぎょうし》する三吾の瞳に、ふいに苛烈《かれつ》な色がよぎった。

声にじわりと怒りが滲《にじ》む。

「最初に会った時から、てめえは気に食わなかったぜ」

高良は微笑した。三吾にむけた銃口は微動《びどう》だにしない。

「おや。いい勘《かん》をしていますね。第一印象で僕を嫌う人間は、滅多にいないんですけど」

「ぬかせっ。てめえは打算《ださん》でしか動かねえタイプの人間だ。あいつらをどうするつもりか知らねえけどな、利用するだけして、それで用がなくなりゃすぐにでも見捨てる腹でいるんじゃねえのかっ？」

「では、彼らと信頼関係で結ばれていたあなたには、一体、何ができたんです？」

平然と返った言葉は、鋭い刃《やいば》となって三吾の胸を抉《えぐ》った。

――信頼も友情も、あの二人の鬼との絆《きずな》にはなり得なかった。そのことを、三吾自身がたった今、証明したのではなかったか。

「利害関係というのは、それほど悪いものじゃありませんよ。互いに利があるうちは、お互いに裏切ることも裏切られることもないですから」

銃口が下がった。高良は拳銃を握った手を降ろすと、三吾に肩をすくめて見せた。

「それに、僕は感謝されこそすれ、あなたに怒られる筋合いはありませんよ」

「なんだと？」

「あなたはこの界の人間にしては、ずいぶんと健全で常識的な人のようですから。――本当は志島さんと争うのも、殺すことも嫌だったんでしょう？」

「――」

三吾は身体の両脇で、指が白くなるほど手を握り締めた。

そうして無言で唇を噛《か》むことしか、できなかった。

高良は時計を見ると、拳銃をコートのポケットにしまった。

「では僕もこれで失礼します。お友達を危険にさらしたくなければ、今日のことは口外《こうがい》しないほうが賢明でしょうね」

立ち去る相手を見送ることもせず、三吾は視線を足下《あしもと》にさまよわせる。

凍《い》てつく夜の闇の中、立ち尽くしたまま、どれくらい時間が経ってからか。

「……畜生」

嗚咽《おえつ》にも似た呻《うめ》き声《ごえ》が、口から漏《も》れた。

「畜……生……」

5

「本気で師御霊剣を手に入れるつもりですか？」

車のエンジンをかけてから、高良は助手席の弓生に話しかけた。

「『本家』に対抗するためだけに」

弓生は答えない。高良は吐息をつくと、まあ理由は何でもいいですけどね、と呟《つぶや》いた。

走り出した車の中にしばらく沈黙が下りたが、やがて前方に目をむけたまま、弓生はぽつりと口を開いた。

「そんな物騒《ぶっそう》なものを、いつも持ち歩いているのか」

高良がポケットにしのばせていた拳銃のことである。

「いつもというわけじゃありませんよ。必要になりそうな時だけです。それでも冬はともかく、夏はやっぱり携帯に苦労しますし」

「人を殺したことがあると言ったな」

「ああ、聞こえてたんですか。鬼の聴力はすごいですね」

素直に感心して、高良はうなずく。

「そういう指示もたまにくるんです。でもさすがに、銃で撃ち殺すのは目立ちますから、たいがいいつも針や薬を使います」

「それも法では罰《ばっ》せられないというわけか？」

「無外《むがい》は法律の適用外ですから」

罰せられることもないが、それ以前に殺人が発覚することもない。

ふたたび口を閉ざした弓生の傍《かたわ》らで、高良は、最後に殺した人間のことを思い出した。

相手は同じ無外の者だった。彼と同じ、星見《ほしみ》の能力を持っていた。だがその老人はある時、自分に与えられた指示に逆らって、そのまま姿をくらませたと聞いた。

無外の者がその世界に背《そむ》いて生きることは不可能だ。それもまた、厳然《げんぜん》とした彼らの掟《おきて》である。

老人は新宿《しんじゅく》にいた。毎夜、寄《よ》る辺《べ》なく街に佇《たたず》んで、空を見上げていた。

難しいことは何もなかった。通行人を装《よそお》って近づき、すれ違いざまに手の中に隠し持った針を相手の身体に突き立てる。わずかな痛みを感じるだけで、たいていの相手は自分の身に何が起こったかも気づかない。五分もすれば針先に塗ってあった薬の効果があらわれるが、死因が判明する恐れはまずなかった。

だが。その通りにやり遂《と》げ、場を離れようとした時、背後から老人の声が聞こえた。

「おまえさんにも今にわかる」

静かに、何かを諭《さと》すように。

「今にわかるよ。――なぜ、私がこんなことをしたのか」

高良は振り返らなかった。

同じ無外の者であっても、養父母以外は互いに面識は持つことはない。彼にとっては世の中のほとんどの人間同様、その老人も行きずりでしかなかった。

ただ。

――おまえさんにも今にわかる。

あとになって、顔もよく見なかった老人の、その言葉を思い出すことがある。

何がわかると言うのだろう。

無外《むがい》を出てみずからの死期を早めた、その行為が無駄なものだったということ以外に。

会話らしい会話も交わされぬまま、車はやがて聖蹟桜ヶ丘《せいせきさくらがおか》に到着した。

すでに真夜中である。日付がかわってその日は十二月三十一日。大晦日《おおみそか》だ。

慎重にあたりをうかがいながら、高良は敷地の柵《さく》に車を横づけした。

「今日のことは、戸倉さんには全部話すんですか？」

車を降りた弓生はドアに手をかけたまま、高良をちらと見てすぐに視線を逸《そ》らせた。

「ああ」

そうですか、とうなずいてから、

「こんな時にはあまりふさわしくない挨拶《あいさつ》かも知れませんが」

運転席の窓ごしに、高良は軽く頭を下げた。

「——よいお年を」

車が走り去る。

忍び入るように柵の内側に入り、弓生はほっと小さく息をついた。

早く隠《かく》れ家《が》に戻って、聖にすべてを伝えなければならない。そう思いながら、弓生はその場に足を止めたまま、ひっそりと呼吸を繰り返した。

弓生と高良が連れ立って外出するのに自分だけ留守番、というのがよほどおもしろくなかったのだろう。出掛《でが》けにさんざん文句をならべたてた聖だったが、三吾に会うことを弓生が告げたとたん、黙り込んだ。

三吾との経緯《けいい》を話しても、聖はきっと、何も言わない。

こんな時にはあの相棒は、けしてあからさまに傷ついた表情を見せないのだ。

「……すまない」

低く、弓生の口からその言葉が漏《も》れた。

詫《わ》びる相手は聖なのか。——それとも。

すべてのつながりをみずからの手で断ち切った。それを悔やむことなど、許されるはずもない。

弓生は空を仰《あお》いだ。

今この瞬間だけでいい。未来を知りたいと思った。自分たちの行く末を。あの星見《ほしみ》のように。

心の底から、そう思った。

あとがき

どうも、霜島です。

前巻からまたもや間があいてしまいました。毎度のことながらお待たせしてすみません。そういや、今回の話を書き出した時には季節は夏真っ盛り、家の外でセミがミンミンミーンと景気よく鳴いていて、「うおお、セミの声を聞きながらクリスマスだの雪だのの風景が書けるかーっ」とわめいていたもんでしたが、最後のシーンを書き終えた時には世間はすっかりクリスマス一色になっておりました。なんでだ。

それでも一応、昨年中には原稿があがっていたんですけどね。今回はそのあとに編集部の指示で幾つか書き直さなければならない部分が出てきてしまって、それで発刊が遅れたという……。詳しくは言えないけど、「書く」という作業は難しいものなのだなとあらためて考えさせられた一件でもありました。

まあ、私の原稿を書くスピードが遅いというのが、一番の問題なんですけど。できれば四ヶ月以上あけないように頑張ろう、というのが私の二十一世紀の抱負《ほうふ》です。あと百年あるし。

（……って、せめて今年の抱負にしろ、霜島）


さて。

二人の鬼の怒濤《どとう》の逃避行《とうひこう》編になるはずだった（だから冗談ですって）この巻ですが、いざフタをあけてみたら、なんだか半分くらいは三吾《さんご》が悩んでいる話になってしまった。書いていて思うんだけど、兄貴がからむとほんっと、腰がひけるヤツです。おまけに高良《たから》にまで言い負かされてるし。余談ですが私の中では高良はわりと小柄《こがら》なイメージです。なもんで、それと面とむかって負けてるってのは、ビジュアル的にもちょっと情けないぞ、三吾。

ま、これまではタフな巻き込まれキャラ（と言うより自分でトラブルに首つっこんでたような気もするが）だった彼も、ここでもうひと踏ん張り、成長してもらわなくてはということで。その意味では三吾にしろ達彦《たつひこ》にしろ佐穂子《さほこ》にしろ、次のステップに進むために乗り越えなければならないものが必ずあって、この羅睺《らごう》編でそれが少しずつハッキリしてきた、ということでしょうか。

時々お手紙で「次の鬼つかいは誰ですか」と聞かれることがありますが、それについてはきっちりと決まっております。もちろん、どうなるかはまだ内緒ですけど。ふっふっふ。

でもって、今回の鬼たちはと言うと。

前巻の終わりがアレだったわりに、聖《ひじり》は元気です。案《あん》の定《じょう》、すっかり環境に順応しております。心配してくださった皆様、どうもすいません。……ほんと、聖にかぎってシリアスが長続きするわきゃないとは思っていたけどさ。そのうち夜刀神《やとのかみ》サマと組んでお笑いコンビになりそうな、イヤな予感がするぞ。

代わりと言っちゃなんですが、弓生《ゆみお》のほうはかなりキレてます。ワープロのキーを叩きながら、「あんたそんな後ろ向きに開き直らんでも」と呟《つぶや》いたことも何度か。まあね、こんな時に前向きに明るく朗《ほが》らかでいられたら、最初っから他人の怨《うら》みで鬼になんかなっていなかったよなー、こいつは。ふう。

ところで、書いていて持ち物だとか服装ってのはキャラの性格がそのままでるので非常に気をつかうところではありますが。

今回困ったのは、高良が持っていた拳銃でした。いえ、「高良が拳銃を携帯している」というのは最初から決まった設定（だから、鬼無里《きなさ》でも持ち歩いていたんだよ、本当は）だったんだけど、とにかく軍隊だの警察だの銃やら兵器やらの知識が霜島はからっきしなもんで、いざ書く段階になって、真面目《まじめ》に悩んでしまった。

仕方がないので、友人にメールで聞きました。

「コートのポケットにいれててもわからないくらい小さくて軽くて、日本でもわりと簡単に手に入って、宮内《くない》庁職員が持っててもおかしくない拳銃を教えて」

……あるかい、そんなもん。

けれどもSF作家で軍隊や武器に詳しくて、おまけに親切なその友人は、返事をくれて懇《こん》切丁寧《せつていねい》にいろいろ教えてくれた上に、参考として自分の持ってる本まで送ってくれました。うう、いい人や。

というわけで、林譲治様。この場を借りて厚くお礼申し上げます。ありがとう、本当に助かりました。もしこの先、「次のSFで真言《しんごん》を出したいんだけど、よくわからない」ってな事態がありましたら、遠慮《えんりょ》なく聞いてくださいね（絶対にないような気もするけど）。

そろそろあとがきのスペースがなくなってきましたので、もうひとつ、お礼を。

今年のバレンタインでも、皆様からたくさんプレゼントをいただきました。昨年に引き続き、トップは三吾でした（笑）。

いつもキャラたちを応援してくれて、どうもありがとう。お手紙もそうですけど、作者としては本当に励まされます。

次もなるべく早く続きを読んでもらえるよう、頑張ります。――それでは、また。

霜島ケイ

■霜島ケイ先生、西炯子先生にお便りを■

〒101―8001東京都千代田区一ツ橋二―三―一
小学館「キャンバス文庫」編集部　気付
霜島ケイ先生
西炯子先生

Canvas Bunko

小学館キャンバス文庫

封殺鬼《ふうさつき》シリーズ—㉒

忌《い》みしものの挽歌《ばんか》

2001年5月1日　第1刷発行
定価はカバーに表示してあります。

著　者
霜島ケイ
発行者
辻本吉昭
発行所
株式会社　小学館
〒101-8001　東京都千代田区一ツ橋2—3—1
編集　03(3230)5455　販売　03(3230)5739
印刷所
凸版印刷株式会社

ISBN4-09-430572-6

4月の新刊

これも恋だろ

真船るのあ

イラスト／石原　理

17歳の超イケメン・一ノ瀬冬吾と天然ボケの美少年・西脇恵のドキドキスクールライフ!! 恋と笑いがいっぱい♥

キャンバス文庫

封殺鬼シリーズ㉒

忌みしものの挽歌

霜島ケイ

イラスト／西　炯子

大人気のシリーズ、佳境!!　夜刀の神に取り憑かれ、人を殺してしまった聖。事件の鍵を握る鬼の正体は？